捌き屋　一天地六

浜田文人

幻冬舎文庫

捌き屋

一天地六

【主な登場人物】

鶴谷　康　（53）　捌き屋

木村　直人　（60）　優信調査事務所　所長

江坂　孝介　（48）　同　調査員

藤沢　菜衣　（43）　クラブ菜花　経営者

山西　彰　（65）　WAC　取締役専務

三沢　哲治　（63）　港南設計　取締役常務

羽島　雅之　（58）　同　企画推進部長

和木　昇太　（37）　ワークス　社員

白岩　光義　（53）　二代目花房組　組長

長く伸びる人影が汐風にゆれた。

横浜の山下公園は水色に染まっていた。

人々の動きはひどく緩慢に見える。白人の女がベンチの背に両腕をひろげている。落陽の一刻を待っているのか。金髪が西陽にきらめいた。

鶴谷康も両腕をひろげた。

ひさしぶりに汐香にふれた。

以前は、逃走するかのように都会を離れ、海へむかって愛車を走らせていた。行先はどこでもよかった。冬の越前海岸、春の駿河湾、晩夏の九十九里浜。映像は残っていない。記憶にあるのはそれぞれの波の音である。岩をも打ち砕きそうな荒波も、砂地に滲みる漣も、ささくれる神経をなだめてくれた。

いまは安穏なのか。鈍感になったのか。

斟酌はしない。己の心を気遣えば精神がゆれる。

海岸通りを東へむかう。右手にマリンタワーを見て、左に曲がる。

山下ふ頭に足を踏み入れた。

何の変哲もない倉庫が南北にならんでいる。

木村直人が立ち止まり、図面を手にする。左右を見て口をひらいた。

「四十七ヘクタールの敷地に十九の倉庫があり、大半は移転に合意しています」

「残りは」

「合意間近だそうです。ゴネ得は通用しないでしょう」

山下ふ頭は横浜市が所有し、港湾局が管理運営している。横浜市議会が山下ふ頭の開発計画案を承認すれば合意に至らなくても強制撤去ができる。

しかし、描いた絵図どおりに運ばないのが公共事業である。開発計画の目玉はカジノをふくむＩＲ誘致なのだから、なおさらのことだ。国や地方自治体の試算では、カジノの収益を年間六、七千億円と見込んでいる。国内初のカジノは、リニア新幹線事業と双璧の、令和時代の利権の宝庫である。

「やくざはどうや。浜港連との縁は切れていないと聞いたが」

明治の昔から港はやくざのしのぎの場であった。横浜港湾連合会も横浜に本部を置く関東誠和会と手を組んでいた。

「ちかごろのやくざは知恵が回ります。下手に動いてマスコミに嗅ぎつけられたらカジノ反対派を勢いづかせる。カジノ誘致が国会で承認されるまでは、腹を空かしておとなしくしているでしょう」

鶴谷は黙って歩きだした。

マスコミの世論調査によれば、市民の七割強がカジノをふくむＩＲ誘致に反対しているという。現在のところ、横浜市は政府の動向を注視し、市民の意識調査を踏まえて検討中との立場を維持している。

だが、それは市民やマスコミに向けた意思表示である。

地元経済界は活発に動いている。横浜市が二〇一五年に〈山下ふ頭開発基本計画〉を発表する以前から大枚のカネが乱れ飛んでいるという。

だからこそ、捌き屋に依頼が来たのだ。

籐製のチェアに座って大正三色の錦鯉を眺めたあと、サンルームを出た。

時刻はまもなく午後八時になる。優信(ゆうしん)調査事務所の木村とは山下ふ頭を出たところで別れた。木村は神奈川県警察本部の幹部に会うという。

キッチンで響17年の水割りをつくり、リビングのソファに腰をおろした。煙草を喫いつけ、テーブルの資料を手にする。

三月二十九日に公布された〈IR整備法施行令〉と四月十九日に閣議決定した〈ギャンブル等依存症対策推進基本計画〉の文面、および、カジノをふくむIRの誘致に積極的な地方自治体の動向に関する資料である。

政府機関が発行する資料は文体が画一的で、十分も読めば瞼が重くなる。地方自治体のそれはどれも似た内容で欠伸がでる。地元民の反応が気になるのか、反対派議員やマスコミに揚げ足を取られまいとの判断なのか。カジノをふくむIR誘致のメリットを滔々と訴えても説得力に欠けている。

スマートフォンが鳴りだした。相手を確認し、〈スピーカー〉を押した。

《晩飯は食うたか》

白岩光義の破声が部屋に響いた。

「もうすこし上品に話せんのか」

《おまえが品を語るな》

「そうやな」あっさり返した。「何の用や」

《店を継ぐそうな》
「はあ」
《はあやない。康代ちゃんは健気や。やりたいことはなんぼでもあるやろに、店の暖簾を護ると……おまえ、娘の爪の垢を煎じて飲んだらどうや》
「そんなことで電話してきたのか」
一人娘の決意は数日前に届いたメールで知った。
――おとうちゃんは戻ってくる気がないみたいやさかい、店を継ぐことにした。けど、愚痴と違う。うち、蕎麦屋の女将、けっこう好きやねん。おとうちゃんは東京で頑張ったらええわ。死んだらあかんで――
苦笑をうかべ、返信した。
――おう。大阪は、頼む――
ほかの言葉は思いつかなかった。
《知っていたんか》
「初耳よ。康代を、頼む」
《まかさんかい》
「用はそれだけか」

《来週、そっちに行く》

「何しに来るのや」

言葉とは裏腹に、白岩が来そうな予感はあった。

仕事の依頼が来ると決まって白岩が連絡をよこした。予告もなく上京してくることもあった。まるで見計らっていたかのようだ。

《わかりきったことを訊くな。息抜きよ。ついでに、おまえと遊んだる》

「そっちは面倒が続いているのか」

《本家の山田会長は引退しそうにない。本人は弱気になっても、まわりが許さん。角野（かどの）と高橋は、会長が棺桶に入っても担ぎとおすかもしれん》

二代目花房（はなぶさ）組組長の白岩は、一成会（いっせいかい）の若頭補佐でもある。本家会長の山田は持病の糖尿病が悪化したことで子飼いの高橋若頭に禅譲する腹を固め、事務局長の角野もそれを支持した。しかし、最大派閥の花房一門の意向を無視して禅譲を強行すれば組織が分裂する。そこで、角野は策を弄した。鶴谷と白岩の仲を知った上で、不動産の係争事案に絡めて白岩を陥れようとしたのだ。半年前のことである。

だが、角野の謀略は泡と消えた。以降、角野も高橋も鳴りを潜めているという。

「そんなことでめそめそしているのか」

《おまえと一緒くたにするな。稼業は一途よ。けど、おなごどもは悩ましい。何しろ、わいは北新地の太陽やさかい》
「ネオン街に太陽は迷惑や」
《おもろいことをほざくのう。まあ、ええ。会えるのをたのしみに待っとれ》
「あいにく、忙しい」
《依頼が来たんか》
「打診はあった」
《どこや。捌きの相手は》
「請けたら教える。で、来るのはまたにしろ」
《そうはいかん。仕事の依頼があったのならなおさらや》
「世帯が苦しいのか」
《もう慣れた。まっとうな極道に貧乏はつきものよ》
「投資してやる」
《いらん。おまえのカネは重い。血と汗が染み込んどる》
「……………」
鶴谷は口をつぐんだ。

白岩の声音が変わった。

そんなにしんどいのか。そのひと言は胸に留めた。

想像するまでもない。いまの暴力団の資金源は覚醒剤と特殊詐欺。十代二十代の若者を覚醒剤漬けにし、高齢者を騙してカネをむしり取る。花房組はどちらも禁じており、規律を破った者は絶縁処分となる。いかに白岩が関西きっての経済極道であっても、組織を維持する苦労は絶えないだろう。


バックバーのグラスがきらきらしている。

ひと月前に来たときもそうだった。ひまさえあればグラスターを手にする若いバーテンダーの姿が印象に残っている。

銀座七丁目の花椿通りにある『BAR OZAWA』には藤沢菜衣（ふじさわさえ）に連れてこられた。

カウンターが八席、奥に六、七人座れるボックス席がある。

先客はカウンターにカップルと男二人。皆がたのしそうに話していた。

鶴谷は端の席に座り、マスターに声をかけた。

「オールドパーの水割りを」

「かしこまりました。宵の口に菜衣ママがお見えになりましたよ」

マスターが笑顔で答えた。

菜衣は八丁目でクラブ『菜花（なのはな）』を経営している。『BAR OZAWA』の雰囲気が気に入ったらしく、仕事中にも息抜きで店を覗くことがあるという。

頷き、鶴谷は腕の時計を見た。午後十一時になるところだ。

「連れが来たら奥の席を使わせてくれないか。十二時までには帰る」

「お気遣いなく」

マスターが言い、グラスを置いた。

甘えるわけにはいかない。日付が変わればクラブホステスらが来ると聞いている。

煙草をくわえたところに木村があらわれた。

――おわりました。報告はあすにしますか――

一時間ほど前、木村から連絡があった。

ためらうことなく銀座で会うことにした。木村の声音がそうさせた。

ボックス席に移った。

バーテンダーに水割りを頼んだあと、木村が顔をむける。

「横浜市長がＩＲ誘致に関して慎重な発言をくり返しているのは世論を意識してのことだけではないようです」

「浜港連の存在か」

横浜港湾連合会はカジノ抜きのＩＲ事業計画を推進している。

「そうです。浜港連は、カジノ反対派の市民を味方につけ、存在感を増しています。が、彼らの本音は別だと……神奈川県警の幹部は眉をひそめていました」

「未練か」

ぼそっと言い、グラスを持った。

横浜市が二〇一五年に〈山下ふ頭開発基本計画〉を発表する前から、浜港連はカジノをふくむＩＲ事業への参画を熱望していた。それは浜港連の幹部が基本計画の検討委員会に名を連ねていたことからもあきらかだ。

だが、市側は浜港連の要望を拒否した。浜港連は対抗措置を講じ、ＭＩＣＥ施設を中核としたハーバーリゾート計画を発表した。

ＭＩＣＥとは企業等の会議、招待・研修旅行、国際会議、展示会・見本市のことで、カジノをふくむＩＲ事業にも必須要件として設置が義務づけられている。

木村が話を続ける。

「当初、浜港連はカジノ事業への参加を画策していたようです。が、当然のこと、カジノ事業には入れさせない。市はカジノ事業者に配慮した」

「浜港連は、カジノ反対が多数を占める市民の力を利用し、巻き返しを図った」

「そのようです」

　さらりと返し、木村が水割りを飲む。

「妥協点はありそうか」

「神奈川県警の幹部は、落とし処次第で決着がつくと……カジノ以外のＭＩＣＥへの事業参加を認めるしかなく、市と浜港連は出資比率の調整をしているようです。浜港連は無茶な要求をしないだろうと、幹部は読んでいました」

　鶴谷はこくりと頷いた。

　市の事業に参画できれば御の字である。政府は、ＭＩＣＥ事業が経常赤字になればカジノ事業の収益分から補塡することを〈ＩＲ整備法〉に明記した。つまり、損失が発生しようと、ＭＩＣＥ関連の事業者が腹を痛めることはない。

　浜港連は、反対派市民を利用して発言力を増し、最後には反対派市民を裏切る。

　強欲の道筋とはそういうものだ。

　そのことに対して何ら感情はめばえない。捌き屋は欲望の渦の中に生きている。善悪の判断をしようとすれば稼業が成り立たない。

　グラスを空け、マスターに声をかける。

「お代りを。つまみも」

言って、鶴谷は視線を戻した。

「神奈川県警も事業に絡んでいるのか」

「ええ。警察にとってギャンブル産業は利権の宝庫ですからね。カジノをふくむＩＲの誘致に成功すれば、外郭団体、関連企業が恩恵を受けます」

「おまえが会ったのはどの部署の幹部だ」

「警備部の官僚です。が、市の会議に参加しているのは警務部と総務部。絵図を描くのも、交渉事も得意です」

「肝心の、カジノ事業者の情報は入手したか」

「残念ながら」木村が眉尻をさげた。「横浜にかぎらず、各地で計画されているＩＲ構想には外国企業も参画を熱望しているので、それぞれの地域の公安部署も情報収集を行なっています。が、有力な情報は得られていないようです」

「だろうな」

鶴谷はあっさり返した。

国も地方自治体もカジノに関する情報には神経をとがらせている。

マスターがグラスと皿を運んできた。

チーズをつまみ、グラスを傾ける。

「WACの依頼を請けるのですか」

木村の声が沈んだ。

表情も険しくなっている。

答えず、鶴谷は煙草をふかした。

ワールド・アミューズメント・コーポレーション、通称WACの山西専務から電話がかかってきたのは三日前のことだ。その日の夜、ホテルのラウンジで面談した。WACとは縁がなく、山西彰とは一面識もなかった。たとえ縁があったとしても依頼の話は顔を見ながら聞くことにしている。

WACは、横浜市が基本設計を委託した設計会社から事業参画の内定を取り付けていた。突如、その内定を取り消されたという。

鶴谷への依頼の内容は、その決定を破棄させ、内定を復活させてほしいというものだった。詳細は聞かなかった。毎度のことである。

「相手の港南設計は中堅企業ですが、神奈川県下では最大手です。神奈川県や横浜市との絆が強く、県下の公共事業の大半を手がけています。港南設計は業界大手の四菱不動産とも関係が深く、四菱不動産は菅谷官房長官と親密な関係にある。今回ばかりは、難攻不落の要塞に攻撃を仕掛けるようなものです」

木村がまくし立てるように喋った。

鶴谷はゆっくり首をまわした。

菅谷の名前がでるのは予期していた。横浜市は菅谷の選挙地盤である。神奈川県は菅谷王国とも称され、横浜市長は菅谷の傀儡(かいらい)とも揶揄(やゆ)されている。

木村が顔を近づける。

「WACのライバルはHPIと、もっぱらのうわさです。マフィアともつながっているHPIが、指をくわえて眺めているとは思えません」

ハーパー・パレス・インターナショナルはアメリカのカジノ事業者である。ラスベガスのハーパー・パレス・ホテルを筆頭に、海外の観光都市でカジノ付きホテルを運営している。日本のカジノ事業の参入に最も熱心な外国企業と目されている。

木村を見据えた。

「言いたいのはそれだけか」

「……………」

木村がくちびるを嚙んだ。

「依頼者に瑕疵(かし)がなければ請ける。それが捌き屋の筋目や」

「…………」

「結果は運次第。神のみぞ知る」

木村が目をぱちくりさせた。

「運……ですか」

「一天地六。賽の目の一の裏側は六、二の裏は五……ものの道理の譬えや。ただし、俺の賽の目は二つ、一と六しかない。これまでは運がよかった」

木村が息をつき、肩をおとした。

「降りてもいいぞ」

「降りません」木村が声を強めた。「しかし、天命に委ねたくはない。幸運を摑めるよう、死力を尽くします」

「好きにしろ」

ぞんざいに言い、グラスをあおった。

店内が賑やかになった。

デイパックを手にアルファードを降り、眼前のビルを見上げた。

青く見えるガラス壁に白い塊が動いている。有明にあるＷＡＣ本社ビルは初夏の陽射しを浴び、威を誇るように輝いていた。

　木村も降りてきた。アルファードは優信調査事務所の動く前線基地である。

「ここで待ちます」

「やりとりを聞きたいか」

　木村が目元を弛めた。

　意外だったのか、胸中ではそれを望んでいたのか。

　どちらとも取れる表情になった。

　木村とは十数年の縁になる。その間、仕事では優信調査事務所を頼ってきた。木村も部下の調査員も信頼している。が、初手の依頼主との面談に立ち会わせたことはない。依頼主への信義に反する。

　依頼主が捌き屋を頼るのは最後の手段である。

　企業は、トラブルに直面したとき、それを極秘裏に解決しようとする。顧問弁護士や政治家、ときには裏社会の者を動かし、解決を図ろうとする。自社に非がなくても裁判沙汰にしないのは、裁判の過程で事実が公になるのを恐れるからだ。

　非はなくても隠したい疵はある。それが利益を目的とする企業の体質なのだ。面談の場に木村を同席させれば依頼主の口が重くなる。

「ＩＣレコーダーをよこせ」

木村が上着のポケットをさぐった。

鶴谷は苦笑をこぼした。

「端（はな）からその気だったのか」

「密かに期待していました」

木村がうれしそうに答えた。

アルファードは特別仕様で、車内には調査に必要な機器が揃っている。

鶴谷は小型のＩＣレコーダーをシャツのポケットに入れた。


一階ロビーの受付で名乗ると、十三階の応接室に案内された。

三十平米はあるか。中央のガラスのテーブルを黒革のソファが囲んでいる。

三人の男が座っていた。

鶴谷を見て、一斉に立ちあがる。

「ご足労をおかけしました」

専務の山西が声を発した。

ホテルのラウンジで会ったときよりも表情があかるい。

「紹介します。となりから営業統括本部の米田と総務部の曽我です」

鶴谷は名刺を交換し、山西の正面のソファに座った。

もらった名刺をテーブルの端にならべる。

どちらの名刺にも部長の肩書がある。米田のほうには本社の住所と電話番号とならんで、横浜営業所のそれも載っている。

お茶を運んできた女が立ち去るのを見て、山西に声をかける。

「内定取り消しに至るまでの経緯を話してください」

こういう場では標準語を使えるようになった。

「どこから話せばいいですか」

「アプローチから、要点のみで結構です」

山西がおもむろに口をひらく。

「国内にカジノができるのを想定し、弊社が事業参画を本格的に検討し始めたのは二〇一〇年でした。その年に設立された国際観光産業振興議員連盟、いわゆるカジノ議連と連携し、カジノ設立にむけたプロモーション活動を行なってきた。横浜市と初めて接触したのは二〇一四年です。当時、永田町にカジノ解禁の気運が高まり、ＩＲ推進法案の国会提出が確実視されていた」

「接触した自治体は横浜市だけですか」

「いいえ。東京都にも千葉県にも接触を試みました。が、どちらも、何が何でもという熱意は感じられず、その年の内に、横浜一本に的を絞りました。翌年に横浜市の港湾局と都市整備局は山下ふ頭開発基本計画を発表したのですが、そのときすでに市の基本構想は完成し、基本設計に着手していた」

「市から基本設計を委託されたのが港南設計ですね」

「そうです。弊社は、カジノの設備や運営に関して、アドバイザー的な役割で基本設計にかかわった。並行し、カジノ議連や横浜市への協力も惜しまなかった」

「つまり、汗をかいた……その見返りとして、事業参画の内定を得た」

「そのとおりです」

「ずばり、訊ねる」

鶴谷は口調を変え、山西の双眸（そうぼう）を見つめた。

山西の顔が強張る。

部下二人の緊張した気配も伝わってきた。

「内定取り消しの背景にあるのは、同業他社の割り込みか」

「そう考えています」

「どこの社だ」

「本命はアメリカのHPIです。ラスベガスの大手カジノ業者で、マカオや東南アジア諸国、中近東でも事業を展開しています」

「いかに世界のHPIがライバルといえども、内定を取り消すには名目がいる」

「………」

山西が顎を引いた。

言葉に詰まったか、空唾をのんだか。

鶴谷は畳みかけた。

「話さなければ、手を引く。俺のことは忘れろ。俺も、忘れる」

「待ってください」

山西の声がうわずった。

鶴谷は右手でくちびるにふれた。精神が煙草をほしがっている。

総務部長の曽我が立ちあがり、サイドボードから灰皿を持ってきた。

「用意するのを忘れ、失礼いたしました」

言って、鶴谷の前にクリスタルの灰皿を置いた。

鶴谷は笑顔を返した。

自分の個人情報は集めたようだ。

鶴谷が煙草を喫いつけるのを待って、山西が口をひらく。

「正直に話します。どうか、ご内聞に」

「承知」

山西がちいさく頷いた。

「十日前の五月二十四日のことです。港南設計の三沢常務に呼ばれました」

「港南設計では三沢がIR事業計画を差配しているのか」

「そうです。基本設計をふくむ実務の責任者は企画推進部の羽島部長で、彼は三沢常務との面談に同席していた」

「WACはどちらと親しくしていた」

「両方です。わたしは、月に一、二度、三沢常務とゴルフや会食をし、情報交換を行なっていた。ここにいる米田をはじめ、IR事業に携わる者らは、羽島部長や彼の部下と緊密に連絡を取り合っていました」

「話を先に進めてくれ」

「応接室に入るなり、内定取り消しを通告された。弊社に情報漏洩の疑いがあると……三沢常務はものすごい剣幕でした」

「事実なのか」

「はい。港南設計は、弊社のデータのコピーを持っていました。基本設計に関わる資料と、弊社と港南設計のやりとりを記録したものです」

「機密事案か」

山西が頷く。

「盗まれたのです。データは何重にもブロックを施し、厳重に保管していた。それなのに……データ流出の疑いがあるとの報告を受けたのはゴールデンウィーク明けの七日でした。その日の内に内部調査を開始した。同時に、システムセキュリティー会社のワークスにコンピューターの精査を依頼しました」

「…………」

鶴谷は目で先をうながし、煙草をふかした。

依頼主の言動を見極めるまでよけいな質問は控える。言葉と表情、ちょっとした仕種は連動している。

山西が言葉をたした。

「二週間後の五月二十日、外部からの不正アクセスによるデータ流出と結論づけました。内部調査もワークスの判断もおなじです」

「内部の者の関与は」

「ありません。疑わしい者も存在しません」

「警察に被害届をだしたか」

「そんなことをすれば墓穴を掘る。内部調査が終了した時点では、港南設計がデータ流出の事実を把握しているとは思わなかった。それなら腐った貝になるしかない……そう判断したのだが、あまかった」

　山西が肩をおとした。

「港南設計からは、内定取り消しだけを告げられたのか」

「最初はそうです。わたしは、調査結果を話し、再考をお願いした。が、決定は覆らなかった。これまでの功績を考慮し、カジノと併設するアミューズメントパークの運営をまかせると言われました」

「蹴ったのか」

「当然です」山西が声を強めた。「話になりません。収益の額が違いすぎる。アミューズメントパークではこれまでの投資分も回収できない」

「幾ら使った」

「ざっと八億円です。永田町もふくめたロビー活動、議員や市の幹部職員を招待しての海外視察……打てる手はすべて打ちました」

「………」

鶴谷は視線をおとし、お茶を飲んだ。

山西から打診があったのは五月二十九日のことだった。港南設計から内定取り消しを通告されて五日が経っていた。

万策尽きて、捌き屋を頼ったか。

声にはしない。それも毎度のことである。

湯呑み茶碗を置き、顔をあげた。

「致命的な瑕疵だな」

突き放すように言った。

山西が唖然とした。つぎの瞬間、崩れ落ちるように床に跪いた。

あわてふためいたような顔で、米田と曽我も上司に倣った。

「ばかな真似はやめろ」

「何と言われようと……あなたにお願いしたい。このとおりです」

山西が床に額をつけた。

「どうか、お願いします」

米田と曽我が口を揃え、床に伏した。

「よせ」

鶴谷は顔をしかめた。

苛立ちが募っている。見たくもない光景である。

山西が姿勢を戻した。

「おっしゃってください。どうすれば依頼を請けていただけますか」

「まずは席に戻ってくれ」

三人がソファに座り直した。皆が神妙な顔をしている。

「俺はカネで動く。承知のはずだが」

「もちろん、承知しております」山西が答えた。「信義により、鶴谷さんの連絡先を教えてくださった方の氏名は伏せますが、その方からはあなたへの接し方も伝授していただきました。気分を害されたのならお詫びします。が、あなたの気持に訴えたかったのではありません。藁にもすがる思いで、咄嗟にでたのです」

「言い訳も、説明も要らん」

「…………」

山西がうなだれた。

鶴谷は、ふかした煙草を消した。

「これまでの経緯を記した資料は用意したか」

「はい」

山西の声がはずんだ。

見る見る顔がほころび、赤く色づいた。

「情報漏洩以外に、瑕疵はないのだな」

「ないです」

「依頼を請ける。ただし、そちらがよこした資料が事実と異なっていれば、契約は破棄する。いいか」

「結構です」山西がきっぱりと言う。「成功報酬は五億円でお願いできますか」

「承知した」

鶴谷は即答した。

これまでも自分から成功報酬の額を提示したことはなかった。

依頼を請けたあとで金額を聞く。それが己を律する筋目である。仕事に失敗すれば一円の報酬も受け取らないと決めている。

「曽我くん」

山西に言われ、曽我が半身をひねった。

ソファのうしろの紙袋を手にする。

テーブルに五列二段、百万円の束がならんだ。

鶴谷は、それを目で確認し、デイパックに収めた。

米田がかたわらのバッグのファスナーを開き、茶封筒を取りだした。

山西が口をひらく。

「これまでの経緯を時系列にまとめた資料です」

「あとで精査する」

中身を検めずに茶封筒もデイパックに入れ、視線を戻した。

「期限はあるか」

「今月の二十日……ぎりぎりでも二十四日、月曜の午前でお願いしたい」

「理由は」

「二十四日の午後に、株主総会を予定しております。大株主にはカジノを議題にする旨を通知しています。参画か、撤退か……決断の場になります」

鶴谷は目で頷いた。

山西のもの言いには潔さが感じられた。

路上に立ち、ゆっくりふりむいた。

目が眩んだ。ガラス壁に映る太陽が怒っているようにも見えた。

デイパックを手に提げ、アルファードに乗った。

木村がイヤフォンをはずし、カップホルダーをテーブルに載せる。

「カモミールティーを冷やしておきました」

神経が疲れたとき、鶴谷はカモミールティーを飲みたくなる。

木村のやることにぬかりはない。

「白金に行ってくれ」

運転手に声をかけ、カップホルダーを持った。口をつけ、煙草をくわえる。一服してから木村に話しかけた。

「会話は聞き取れたか」

「クリアでした」

「質問はあるか」

「ええ。WACには明確な瑕疵があるのに、どうして請けたのですか」

「気に入らん」

「えっ」

木村がきょとんとした。

「おまえの疑問は当然や。が、港南設計の出方が気に入らん」

「どういうことでしょう」

鶴谷は煙草で間を空けた。

自分もとまどっている。後悔はしていない。が、早い決断におどろいている。頭の中を整理してから言葉を選んだ。

「ＷＡＣの調査結果がでた四日後に、港南設計はＷＡＣの山西を呼びつけた。データ流出の真偽を確かめることもなく、事情を聞くこともなく、いきなり一方的に内定取り消しを通告した」

「港南設計は、流出したＷＡＣの機密データのコピーを持っていた……その入手先が気になるのですか」

「それ以前に、データ流出の事実を把握していたとも考えられる」

「なるほど。知っていながら調査結果がでるのを待ったのは、ＷＡＣに反論の余地を与えないため……そういう読みですね」

「勘だ」

にべもなく言い放ち、鶴谷は煙草をふかした。

木村の目が先を催促している。

「データにはＷＡＣと港南設計とのやりとりがふくまれていると聞いた。それが事実なら、港南設計の信用にもかかわる。情報の中身が世間の知るところとなれば、横浜市は港南設計への処分を検討せざるを得なくなる」

「港南設計がアミューズメントパークの件を持ちかけたのは、ＷＡＣを手元に置き、口を封じたいとの思惑が働いた」

「どうかな」

鶴谷は曖昧に返した。

そうだとしても、それだけではないような気がする。

木村が表情を弛めた。心中を読まれたか。

「ＷＡＣは罠に嵌められたのでしょうか」

「可能性は、ある」

「誰に……」

木村が語尾を沈めた。

鶴谷は推測を嫌う。とくに、行動する前の段階での予断や推測は拒否する。木村は身をもってそれを熟知している。

　鶴谷は、煙草をふかしながら、WACがよこした資料を読んだ。

　その間、木村はイヤフォンを耳に挿し、録音した会話を聞いていた。

　ざっと目を通した資料をテーブルに置き、口をひらく。

「指示を言う」

　木村がイヤフォンをはずし、ボールペンを持った。

「監視対象者は、港南設計の三沢と羽島。二人のことは山西との会話を聞いて、わかっているよな。詳細については資料を読め」

　木村の手の動きが止まるのを見て、続ける。

「横浜市役所も二名……副市長の田所と港湾局の赤井局長。山西との関係は資料に書いてある。監視の必要はないが、WACの山西と米田の個人情報を集めろ」

　情報収集の段階では敵も味方もない。誰も信用できない。本人にその意思がなくても、相手を利する行動をとることもある。

　書きおえ、木村が目をむけた。

「監視対象者は四名でいいのですか」

「ほかに、誰が気になる」

「HPIです。山西もHPIを気にしていました」

「では、HPI東京事務所の仁村も加える。資料にHPIの日本での活動は記されていないが、東京圏の担当者として仁村一輝の名前がある」

「承知しました」

「ん」

つい声が洩れた。

ちかごろ、直前に思った固有名詞を忘れることがある。資料を捲った。

「ワークスの野上と和木の個人情報も頼む」

「WACのコンピューターを精査した者ですか」

「野上は渉外課長、和木はセキュリティー部門のチーフで、WACのコンピューターの精査を担当したグループの責任者だ」

「手配します」

木村が左手で携帯電話を持った。

メモ書きと資料を見ながら指示をだした。

鶴谷は煙草を消し、窓のそとに目をやった。

路上に舞いあがる粉塵がきらめいている。まるで真夏のようだ。

軽いめまいを覚えた。ゆっくり首をまわしてから視線をあげる。

斜め前方の東京タワーが青空に突き刺さっている。

顔をしかめた。精神が駄々をこねると、目にする何もかもが異形に見えてくる。

「なんとなく、たりないような」

木村が独り言のように言った。

「背景は見るな」

「…………」

木村が目をまるくした。

「巨大利権の全容などわかるはずもない。俺の仕事は港南設計の決定を覆すこと……その一点に集中しろ」

「わかっています。が、今回はこれまでとは事情が異なります。ＩＲ構想は国が提唱し、地方自治体が事業者になるのです」

「それがどうした。依頼主も、捌きの相手も民間企業だ」

「行政が指をくわえ、企業間のトラブルを眺めているとは思えません」

「はっきり言わんかい。何が不安や」

木村が咽を鳴らした。すぐに口をひらく。

「行政の意を受け、神奈川県警がどう動くか……ほかの部署なら何とかなりますが、横浜市と連携している警務部と総務部の動きを摑むのは厄介です」

「引退したらどうや」

鶴谷はひややかに言った。

木村の頰がひきつる。

「やる前から泣き言をほざくな」

「泣き言ではありません。神奈川県警を恐れているわけでもない。あらゆる事態に対応できるよう準備をしておきたいのです」

「むだなことよ。相手の頭の中が透けて見えるようなら苦労はせん。そもそも、企業間のトラブルそのものが当事者には想定外なのだ。想定外の出来事に対応するマニュアルも手段も持ち合わせていないから、俺の出番が来る」

木村が息をついた。瞳が左右に動く。

自分の感情を宥めようとしているのはあきらかだ。

鶴谷は言葉をたした。

「浜港連を見倣え」

「えっ」

「これまでと事情が異なるのは行政の関与だけやない」

木村が目をぱちくりさせたあと、顔を寄せた。

「世論ですね」

「行政の最大の敵は世論よ。おおっぴらに権力をふりかざせば、返り血を浴びる。利権のにおいがひろがれば、カジノ反対派が勢いづく」

「わかりました。そのこと、胸に留めておきます」

木村が表情を締めた。

車が徐行を始める。

鶴谷はデイパックを開け、五百万円をテーブルに載せた。初回の調査費用としてはいつもより金額を多くした。

――動かせる者は総動員しなさい――

電話で指示をした木村の言葉は頭に残った。

「報酬の前金分はあす振り込む。五割増しや」

人はカネだけで動くわけではない。が、カネが活力になるのは確かである。

鶴谷の顔とカネを交互に見つめたあと、木村が口をひらく。

「皆に伝えます」

事務的なもの言いだった。

自分はカネのために動いているわけではない。

そう言いたそうな顔をしている。


白のジャージに着替え、ベランダに出た。まるい蓋を開け、梯子を降りる。

港区白金のマンションを購入して十年が過ぎた。藤沢菜衣との恋に終止符を打った直後のことだった。そのさい、階下の部屋も購入し、菜衣に与えた。

恋愛感情は胸の底に沈めても、菜衣との縁は断ち切れなかった。稼業のパートナーとして菜衣は欠かせない存在になっていた。

身勝手な話だが、菜衣は受け入れてくれた。

——おまえに責任を負えない。おまえを背負って生きる自信がない——

菜衣が銀座に出店すると決意したとき、鶴谷はそう切りだした。

あのとき、菜衣は無言で鶴谷を見つめていた。菜衣の心中はわかるはずもない。

——わたしもおなじ……康ちゃんの心の疵を癒せる自信がなかった。そう心がけても、お店のこと、康ちゃんの仕事のことで一杯になり、あなたをつつめるほどの、心のひろさは持てなかったと思う——

半年前の、菜衣の告白である。

救われたような気持になった。同時に、心の疵がひろがった。

階下のベランダの窓は開いていた。着替える前に電話をかけた。

リビングのソファに座り、煙草をくわえた。

火を点ける前に、キッチンのほうから菜衣があらわれた。

朱漆の盆をテーブルに置き、急須を手にした。ゆっくりと回し、四回に分けて湯呑み茶碗に注ぐ。変わらぬ所作である。

鶴谷は小皿の羊羹をつまんだ。

こちらも変わらない。白い粉を吹く、昔ながらの味である。嬉野（うれしの）産のお茶に小城（おぎ）羊羹。佐賀出身の菜衣は郷土の特産品を愛用している。

お茶を飲み、煙草をくわえ直した。ふかし、話しかける。

「しばらく、留守にする」

「どこへ行くの」

言って、菜衣がお茶を口にふくむ。白い咽がうごめいた。

「横浜や」

菜衣が目をしばたたく。

「むこうに泊まり込んで……面倒な仕事のようね」

「らくな仕事はひとつもなかった」

「そうね。ごめん。相手はどこなの」

「港南設計。横浜に本社がある。残念ながら、おまえの閻魔帳にはない」

菜衣は日記を書いている。誰が誰と来たか。客席での雰囲気や様子を綴り、鶴谷に見せる。鶴谷は、その日記を閻魔帳と称している。

菜衣が肩をすぼめた。悔しそうにも見える。すぐ表情を戻した。

「わたしにやれることはないの」

「横浜に知り合いはおるか」

菜衣が目を見開いた。

「去年までの三年間、うちのお店で働いていた美都里……知らないよね。康ちゃんの席には一度も着かなかったと思う」

「その子が横浜にいるのか」

「関内のクラブに勤めている」

「連絡を取り合っているのか」

「ええ。しっかりした子で、期待していたんだけど、母親が大腸がんを患って、看病のために横浜の実家に帰ったの。手術は成功したらしく、母親が元気になったら、時期を見て菜花に戻りたいと言ってくれている」

「家族は」

「父親は地元の会社に勤めているそうで、美都里は一人娘よ」

「関内の、何という店や」

「牡丹……横浜では老舗のクラブよ」

「調べる。使えそうなら、頼む」

「まかせて」

菜衣の声がはずんだ。


ひさしぶりに白岩の手料理を堪能した。

先代の姐から教わったお好み焼きの味はなかなかのもので、五種類の酒の肴も鶴谷の舌をよろこばせた。東京に来ては東京支部のキッチンに立ち、花房組伝統の料理を乾分らに伝授しているという。

菜衣の部屋を去り、自室で資料を読んでいるとき電話が鳴った。

――六時に有栖川に来い――

有無を言わせぬもの言いだった。

花房組東京支部は港区の有栖川宮記念公園の近くにある。マンションの二部屋を借り、支部として使う部屋には三人の乾分が常駐している。

「片付けが済んだら声をかけろ」

支部長の佐野裕輔に命じ、白岩が腰をあげた。

通路向かいの部屋に移る。白岩が上京時に寝泊まりしている。

鶴谷はソファに寛いだ。

コーナーソファと九十インチのテレビがあるだけの殺風景な部屋である。借りた当初はカラフルだった。かれこれ七、八年前になるか。六本木のクラブホステスを住まわせるための部屋だったのだが、東京に支部を置くと決めたさい、女と別れた。

東京では放蕩三昧だった白岩もいまではすっかりおとなしくなった。極道のしのぎが薄くなったという理由だけではなさそうだ。

白岩がトレイを運んできて、ソファに腰をおろした。

マッカラン18年のボトルを手にし、声をかける。

「水割りか」

「ああ。濃い目で頼む」

白岩がグラスに氷をおとし、琥珀色の液体を注いだ。

鶴谷はひと口飲んで、煙草を喫いつけた。

白岩が美味そうに咽を鳴らし、目を合わせた。

「依頼はどうした」

「きょう、請けた。依頼主はアミューズメント企業のＷＡＣ、捌きの相手は港南設計
……トラブルの元はカジノや」

煙草をふかしてから、ＷＡＣがよこした資料について簡潔に教えた。

白岩が口をひらく。

「なんで、請けた」

「カネよ。五億円は魅力的や」

「ぬかすな。負ければ一円にもならん。おまえの不敗伝説も消える」白岩がグラスを
あおり、息をつく。「勝算はあるんか」

「これまで、算段したことはない」

「けど、今回は規律を破った」

「ＷＡＣの瑕疵か」

「ああ。おまえに勝ち目があるとは思えん」

「俺もそう思う。が、勝てると読んで依頼を請けたことは一度もなかった」

「理由を言え」

「わからん。しいて言えば、勘……ことわる気にはならなかった」

「焼きが回ったか」

白岩が目で笑った。

鶴谷も頬を弛めた。

「かもしれん」

「まあ、ええ。で、俺の出番は」

「ない」

「それはないやろ」白岩が声を張る。「横浜港は関東誠和会の島……朝鮮戦争の特需で港も関東誠和会も潤った。いまも腐れ縁は続いている」

「野村が気になるのか」

「なるか」

白岩が吐き捨てるように言った。

関東誠和会副理事長の野村義友とは因縁がある。過去に二度、仕事絡みで野村と敵対した。八年前の事案では、木村の部下が野村の身内に殺された。

鶴谷は、水割りを飲んでから話しかけた。

「横浜港は誰が仕切っている」

「若頭の黒田さんや」

もの言いが戻った。

それだけで黒田という男の人柄がわかった。

白岩が続ける。

「黒田さんはできたお方や。筋が通らんことはせん。けど、ちかごろは病気がちと聞いた。どこまで目が届くか……カネに目がくらむ輩もおるやろ」

「面倒がおきたら、頼む」

「まかさんかい」

白岩がグラスを空け、ボトルを傾けた。

「ところで、大阪のほうはどうや」

「電話で話したとおり、一時休戦よ」

「一成会の話やない」

「おお」白岩が目を見張った。「夢洲（ゆめしま）のカジノか。あれは利益の分配もおわり、誘致にむけてまっしぐらよ」

「カジノ事業者も内定したのか」

「大阪市は選定していると思うが、内定はださん。外国の企業は内定イコール決定。内定を通知してそれを取り消せば莫大な損害賠償を請求される」

「候補の企業は」

「HPIとRE、レインボーエンターテインメントの一騎討ちと目されている。が、本命はREやな。大阪には西のディズニーランド、UAPがある。UAPの親会社、ユナイテッドアミューズはREと事業提携している」

「実績重視というわけか」

「REのロビー活動が先行しているという情報もある。それに、HPIは横浜が本命なんやろ。両手に花は、ない」

「だよな」

あっさり返し、鶴谷は水割りを飲んだ。

木村とのやりとりを思いだした。

――ほかに、誰が気になる――

――HPIです。山西もHPIを気にしていました――

白岩の読みが的確であれば、HPIは何が何でも横浜で成果を挙げようとする。

推測がひろがりかける。頭をふってそれを追い払った。

「大阪で反対運動はおきてないのか」

「おきているが、盛りあがりに欠ける。関西の市民は博奕に寛容やさかい。何しろ、野球賭博や賽本引きの発祥の地……昭和の一時期、高校野球の開催中、甲子園のバックネット席はノミ屋の胴元と張り客で賑わっていた」

「時代が違う」

「おなじよ。賭博と売春は地球が滅亡するまで廃らん」

あっけらかんと言った。

ドアをノックする音のあと、佐野が入ってきた。

「おわりました」

「支度をせえ。十分後にでかける」

「はい」

佐野が満面に笑みをひろげた。

ドアが閉まるや、白岩が口をひらく。

「いつから動く」

「木村はもう動いている。俺は、あすから横浜に移る」

横浜市中区のホテルを予約した。二十日間の逗留である。

立て襟の白シャツに濃紺色のズボンを穿き、ベージュのジャケットを手にした。十階の部屋を出て、おなじフロアの客室のチャイムを鳴らした。

ツインベッドの白布には陽光がひろがっている。

ベッドルームを通り過ぎ、レストルームに入った。

木村と三人の調査員がいた。どの顔も憶えがある。二台の長机の上に通信機器やパソコンが載っていて、調査員らが機材にふれていた。

鶴谷は窓際に立ち、木村に声をかけた。

「準備はできたか」

「はい。これから通信機器のテストをしますが、現在のところ順調です」

頷き、窓のそとを見た。

横浜港が一望できる。右に山下ふ頭、左にみなとみらい。昼下がりの一刻、波は穏やかで、横浜港は昼寝をしているかのようだ。

木村が近づいてきた。

「気を遣っていただき、恐縮です」

「部屋のことか。長丁場や。疲れが溜まっては仕事に差し障る」

木村と調査員のために五つのツインルームを用意した。このセミスィートルームは作戦本部として使用する。

鶴谷は腕の時計を見た。午後三時十分になろうとしている。

コーナーソファに腰をおろし、煙草を喫いつけた。

「ここから港南設計の本社ビルまで徒歩五、六分です」

言って、木村も座り、コーヒーポットを持った。

「皆を中座させろ」

木村に命じ、コーヒーを飲んだ。

調査員らが退室したあと、言葉をたした。

「情報収集のほうも順調か」

「東京組が個人情報を集め、こちらに来ている五人が聞き込みを行なっています。五名の監視対象者には二人一組で張り付かせました」

鶴谷は肩をすぼめた。

優信調査事務所の約三分の二が鶴谷の仕事にかかわっている。

「ご心配なく。ほかの業務に支障を来すことはありません」

そんなはずはない。

言葉にするのは控えた。好意に水を差すのは無礼だ。

優信調査事務所の顧客の大半は企業である。取引関係にある顧客の紹介でなければプライベートな調査の依頼は請けないという。企業各社は株主総会を間近にしているので、優信調査事務所は繁忙期にあるだろう。

煙草をふかし、話しかける。

「気になる情報や、動きはあるか」

「いいえ」木村が眉を曇らせた。「情報は集まっていますが、まだ裏付けはとれていません。情報の精査にはもうすこし時間が必要です」

「焦ることはない。精度が一番や」

コーヒーを飲み、ふかした煙草を消した。

木村が口をひらく。

「自分はどうしますか」

意味はわかった。

港南設計に同行するのか否かを訊ねたのだ。

「いつもどおり、そとで待機しろ」

「承知しました」

木村が笑顔で答え、セカンドバッグから盗聴器を取りだした。

受け取り、シャツの胸ポケットに入れる。

「ここでも聞けるのか」

「港南設計の本社まで五百メートルほど……高性能なので届くとは思います。港南設計に仕掛けるつもりですか」

「チャンスがあれば」

「むりはしないでください。必要であれば、自分らがやります」

「頼む」

鶴谷はあっさり返した。

餅は餅屋だ。

優信調査事務所の社員の大半は警視庁出身である。木村の古巣の公安部をはじめ、警務部、組織犯罪対策四課、刑事部捜査二課、生活安全部など社員の出身部署は多岐にわたる。科学捜査研究所に在籍していた者もいるという。

海岸通りから馬車道へむかう途中でアルファードが停まった。

鶴谷は、ひとりで路上に立ち、眼前のビルを見た。

八階建て。間口は十メートルもなく、周辺のオフィスビルと比べてもちいさいほうだ。正面玄関脇の〈株式会社　港南設計〉の文字はぼやけて見えた。

深呼吸をし、エントランスに足を踏み入れた。

ロビー正面にある受付に歩み寄る。

「鶴谷と申します。三沢常務にお取り次ぎ願います」

丁寧に言った。

きょうの午前中に電話で面談の打診をし、応諾を得ている。

格子縞のベストを着た女が笑みをうかべた。

「恐れ入りますが、お名刺か、身分証の提示をお願い致します」

鶴谷は苦笑した。

大手企業でもこういう要請は滅多にない。情報管理が徹底しているのか、自分への警戒心の表れか。いずれにしても、従うしかない。怒ることでもない。

名刺と運転免許証を見せた。


五階の応接室に案内された。

十畳ほどの部屋の中央に黒革の応接ソファが置いてある。オフホワイトの壁には何もなく、窓は濃いネイビーのカーテンに隠れている。

五分ほど待たされた。

ドアが開き、男があらわれた。

細身の男だった。身長は百七十センチほどか。濃紺色のスーツに、黄色と紺色のレジメンタルタイを締めている。

「お待たせしました。三沢です」

やわらかなもの言いだった。

「鶴谷です」

名刺を交換し、ソファで正対する。

「シンプルな名刺ですね」

言って、三沢が名刺をテーブルに置いた。

「肩書があるほうがわかり易いですか」

鶴谷はやんわりと訊いた。

「こういう名刺を見ると、身が引き締まる」

「憶えておきます」

何食わぬ顔で言い、ソファにもたれた。

三沢の所作ともの言いには隙がない。資料には六十三歳とあったが、顔がちいさいせいか、五十代半ばにも見える。

「煙草を喫われても結構ですよ」

三沢が目を細めた。

あなたの個人情報は入手した。

そう告げられたようなものである。

鶴谷は背筋を伸ばし、ジャケットの内ポケットに手を入れた。

委任状をかざす。

「このとおり。御社との交渉を一任された」

「我が社とWAC様の間に、交渉事など存在しません」

「内定取り消しの件は決着済みだと」

「そうです。WAC様にはお世話になった。おおいに期待もしていた。が、WAC様は取り返しのつかないミスを犯した。ご存知でしょう」

「もちろん」鶴谷は口調を変えた。「承知の上で、WACの依頼を請けた」

「なぜですか」

「なぜだと思う」

鶴谷は薄く笑った。

小首をかしげたあと、三沢が口をひらく。

「さっぱり……見当もつきません」

「俺のことは調べたようだが」

「はい。凄腕の捌き屋……話を聞いた皆さんがおなじ台詞を口にされた。あなたが依頼を請けるには条件があるとも耳にしました」

淡々としたもの言いが続いている。

三沢の目を見据えた。

「長話はむだなようだ。要求を言う。内定取り消しを撤回してもらいたい」

「応じられません。無茶な要求です」三沢が息をつく。「方針を変更し、こちらの提案を受け入れられるほうが賢明かと……」

「ほざくな」

声を強めてさえぎった。

「無謀だろうと、筋を違（たが）えようと、請けた仕事はやり遂げる」

三沢が眉尻をさげた。

困惑の様子はない。むしろ、たのしんでいるようにも見える。

鶴谷は言葉をたした。

「ところで、WACに代わるカジノ事業者は決まったのか」

「とんでもない」

三沢が顔の前で手をふる。

そんな仕種にも余裕が感じられる。

「今回の件はまったくの想定外でした。我が社も困惑している。しかし、あなたに会って、すこし安堵しました」

「ん」

「WAC様はあなたを頼った。つまり、訴訟沙汰にしないということでしょう。裁判になれば、我が社もWAC様も、いろんな意味でダメージを被る。裁判でどちらが勝っても、得るものは何もない。裁判とは関係なく、IR事業は進行する。法廷で争っている間にIRの誘致先が決定するかもしれないし、裁判が国の判断に悪影響を与えるおそれもある。訴訟は自殺行為なのです」

立て板に水のように喋った。

鶴谷の面談要請を受けて用意したのか。ゆるがぬ信念によるものか。

いずれにしても、厄介な相手になりそうだ。

が、どうでもいい。三沢は仕事の最終段階での交渉相手なのだ。きょうは、筋をとおすための挨拶に過ぎない。

「安堵しても、油断はしません」

三沢の声に、逸らしていた視線を戻した。

「連戦連勝……あなたは、困難極まりない依頼にも勝利された。胸に銃弾を食らっても復活された。正直、我が社が依頼すればよかったと……後悔している」

「余裕の発言に聞こえるが」

「そんなことはない」

三沢が語気を強めた。

眼光が増し、表情が締まる。

「だが、あなたに負けるわけには行かない」

「勘違いするな。捌きは勝ち負けやない」

「では、何ですか」

「いずれ、わかる」

さらりと返し、鶴谷は左手を肘掛けにあてた。

三沢が口をひらく。

「もう一度、お訊ねしたい」

「何を」

「ＷＡＣ様に瑕疵があるのに、なぜ、依頼を請けられたのですか」

「カネよ」

「ご冗談を」

「ほかに何がある。港南設計は慈善事業をしているのか」

「…………」

三沢がぽかんとした。

知恵がまわる者ほど、ものの本質を失念することがある。

「邪魔をした」

ひと言かけ、鶴谷は席を立った。

★　　★

対向車線を黒のアルファードが走り去った。

「いよいよ、本番だぜ」

江坂孝介は独り言のように言い、車から降りた。

路上に立って背伸びをする。両肩をまわして解し、上半身をひねる。

車での長時間の張り込みは疲れる。コットンパンツに布製のローファー、白の半袖ポロシャツに紺色のブルゾン。任務遂行中は軽装を心がけているが、気休めのようなものである。短気な性格も災いしているのか。

きょうは夜明け前から動いた。相棒の照井純也が運転する車に乗って、横浜市戸塚区へむかった。監視対象者の羽島雅之は戸塚区上倉田町に住んでいる。六十五坪の敷地に木造二階建て。妻と娘の三人暮らしである。

午前七時半に門扉が開き、羽島があらわれた。妻と思しき女に見送られ、JR戸塚駅方面へ歩きだした。駅まで約八分かかる。

羽島は東海道本線と京浜東北線を乗り継ぎ、桜木町駅で下車した。

家を出る時刻も通勤時間も、情報どおりだった。

江坂は戸塚駅前で車を降り、尾行を続けた。プラットホームでも電車の中でも羽島を観察していたが、気になる所作は見せなかった。ほかの通勤客らと異なったのは、電車の吊革につかまり、じっとしていたことだ。新聞や雑誌どころか、スマートフォンも手にしなかった。それが奇異に思えるような時代である。

桜木町駅の改札を出たところで、相棒に電話をかけた。照井はすでに港南設計の近くまで来ていた。羽島が会社に入るのを見届け、車に乗ったのだった。

リアドアを開け、手前のボックスも開けた。後部座席には食料用の収納ボックスと飲料品を入れるクーラーボックスがある。

コンビニエンスストアで購入したおにぎりを取り、助手席に座った。

「また食うのですか」

運転席の照井が言った。

あきれたような顔をしている。

照井は食が細い。きょうも昼食時に肉まん一個を食べたきりである。照井は二十七歳の独身。契約社員として三年間勤めたあと、ことし四月に正社員になった。この二年間は、教育係としてコンビを組まされている。口癖のように、食って体力をつけろと言うのだが、照井は聞く耳を持たない。

ツナマヨのおにぎりを頬張る。パリッと音がした。ひと口食べてはペットボトルの水を飲む。流し込んでいるようなものである。

食べおえ、照井に話しかけた。

「今度ばかりは言うことを聞け。身体が悲鳴をあげるぞ」

「なぜですか」

「鶴谷さんの仕事は初めてか」

「はい。一度、資料を届けに行って、顔を見たことがあります」

「鶴谷さんの仕事はタフだ。俺は、三日三晩一睡もしなかったことがある。あぶない連中と衝突しそうになったこともある」

「それなのに、皆、鶴谷さんから依頼が来ると目の色を変える……カネですか」

「俺は、そうだ。年間ボーナス分の報酬手当がもらえる。そんな仕事はほかにない。今回は五割増しと聞いた。気合が入るってもんよ」

「仕事がうまく行けばの話でしょう」

「知っているだろう。鶴谷さんは無敵だ。これまで失敗したことがない」

「今度も成功するとはかぎりません」

「はあ」

「五割増しということは、それだけリスクが高いということです」

江坂は眉をひそめ、左腕の時計にふれた。

鶴谷から贈与されたものである。一年前のことだ。

ようやく任務をおえたその日、鶴谷が大手町の路上で暴漢に襲われ、一発の凶弾に倒れた。江坂と木村の眼前でおきた出来事だった。

木村は救急車に同乗し、江坂はアルファードであとを追った。病院では、鶴谷とおなじ血液型と知り、輸血を申しでた。

オメガの時計はその礼として贈られたものである。ブランド品には縁がない。インターネットで検索して百万円の代物とわかった。

家宝として家に飾っておこうとも考えたけれど、使用することにした。それが厚意への礼儀だろう。いまでは守り札のように思っている。

「さめた野郎だな」

「命あっての物種です。ようやく正社員になれたのに、命を危険にさらすような任務につくなんて、ついていません」

「その歳で守りに入ってどうする」

「守りとかじゃなく、普通の考えだと思いますが」

「そうか。彼女と普通に暮らしたいのか」

「別れました」

照井があっけらかんと言った。

「どうして」

「愛想を尽かされました。食事に旅行……約束を破ってばかりでしたからね。正社員になった日に、よかったね、さようならと……あっけないおわりでした」

吹きだしそうになった。堪え、話を続ける。

「よかったじゃないか。堪え性のない女には苦労させられる」

「江坂さんの奥さんはどうなのですか」

「我が家は安泰よ。警視庁にいたころから外泊は日常茶飯事だった。女房や子どもはそういうものだと諦めていたようだ」

かつては警視庁公安部に在籍していた。

ある大物右翼を監視中、尾行に気づかれ、威勢のいい若者らに取り囲まれた。やむなく拳銃を構えたのだが、それが相手の血気をあおるはめになり、袋叩きにされた。気がつけば病院のベッドで横臥していた。拳銃も奪われていた。

十年前のことである。失態は公にならなかった。公安部の捜査官は監察官室の対象からはずれているのがさいわいし、懲戒処分を受けずに済んだ。

それでも、けじめは必要である。江坂は辞職願を提出し、受理された。

退職後、職を探したが、なかなか仕事にありつけなかった。公安捜査官はつぶしが利かない。中途退職者の多くがあてにする警察人脈もなかった。

途方に暮れていたとき、かつての上司の木村直人が声をかけてくれた。

木村は四十代で退職し、優信調査事務所を設立していた。

調査員として初めての任務が鶴谷の仕事だった。動員された調査員の皆がぴりぴりとした雰囲気の中で行動していた。二十日間働きづめの過酷な仕事に身体も神経も摩耗し、任務完了後の三日間の休暇は家でぼんやりしていた。疲労感が消えたあと、じわじわと充足感が湧いてきたのを憶えている。

照井が港南設計の本社ビルのほうに顔をむけた。

「港南設計の羽島が、鶴谷さんの的なのですか」

「わからん」

そっけなく答えた。

鶴谷が捌き屋であることも、捌き屋がどういう稼業なのかも知っている。しかしながら、所長の木村は、鶴谷が請けた依頼の内容を部下に教えない。動員された調査員は木村の指示に従うだけだ。何人が動員され、誰がどんな任務についたか。そんなことさえわからないときもある。が、調査員の誰も文句は言わない。

——予断を持たさないためだ。各々、自分の任務に集中しなさい——

木村は常々そう口にしている。

「所長は、グループリーダーの江坂さんにも教えないのですか」

「そのほうがやり易い」

「なぜです」照井が顔の向きを戻した。「背景というか、鶴谷さんの仕事の内容を理解しているほうが仕事はやり易いと思うけど」

「理解したところで、何の役にも立たん。何度か鶴谷さんの仕事をしたが、事案の背景が見えてきても、あの人の頭の中はさっぱりわからなかった」

「…………」

照井が目をぱちくりさせた。

何か言いたそうな顔にも見えるが、くちびるは動かなかった。

江坂はイヤフォンにふれた。任務中は左耳に挿している。

「はい、江坂」

《木村だ。変わりはないか》

「ないです」

《市港湾局の赤井局長が庁舎を出た。公用車でそっち方面へむかっている》

当面の監視対象者は五名と聞いている。赤井もそのひとりだ。

江坂はメモ帳とボールペンを持った。

「確認します。車種とナンバーを教えてください」

《黒のレクサス、横浜300－□の△4×○。赤井学名義のケータイの番号は090－△×2△－×6×○。位置情報を確認しなさい》

「了解」

十二インチのノートパソコンを膝の上に載せた。

任務に必要なデータが詰まっている。過去の任務のデータはすべて消去され、進行中の任務に関するデータは漸次追加される。

赤井の写真を確認したあと、横浜市中区の地図を映し、赤井の携帯電話の番号を入力する。画面の赤い点が増えた。羽島のそれは入力済みである。

「こちらにむかっています。目的地が港南設計なら約三分で着きます」

《羽島が動くかもしれん。怠るな》

「承知です。常務の三沢も社内にいるのですか」

《いる。鈴木から連絡があれば報せる》

通話が切れた。

同僚の鈴木らは港南設計本社ビルの地下駐車場の出入口を監視している。

緊急時を除き、同僚らと直に連絡を取り合うことはない。

格子戸が開き、二人の男が出てきた。

照井がデジタルカメラをむける。

二人連れの片方は港南設計の羽島である。午後六時半に本社ビルを出た羽島はタクシーに乗った。むかった先は関内だった。中区弁天通の一角で降車し、テナントビル一階にある割烹店の暖簾をくぐった。

それを見届けて車を降り、江坂も割烹店に入った。カウンター席に羽島の姿はなかった。カウンター席が客で埋まっていたこともあり、店員に訝られることもなく、店を出られた。そのあとは、近くの駐車場に車を駐め、照井と二人で路肩に立ち、割烹店を見張っていたのだった。

着物を着た女に見送られ、羽島らが歩きだした。

照井が顔を近づける。

「車はどうしますか」

「そのままでいい。写真を送れ」

言って、江坂も歩きだした。

位置情報のおかげで、尾行がらくになった。以前なら、徒歩にするか、車を使うかの判断に迷った。あげく、裏目に出て、尾行に失敗することもあった。いまなら多少の時間的なロスは取り戻せる。

歩きながら、照井がデジタルカメラの端末をタブレットに繫いだ。そういうことも十年前は考えられなかった。

五分ほど歩いた。二人の後ろ姿から判断して、行先は決まっているようだ。

相生町に入ったあたりで路上が賑やかになった。

羽島らがテナントビルのエントランスに足を踏み入れる。

照井を手で制し、江坂はひとりであとに続いた。

羽島らを乗せたエレベーターが三階で停まる。

階段を駆け上がった。

三階フロアには二店舗。『CLUB　皐月』と『Lounge　Blue　Bell』。どちらも扉は閉まっていた。引き返し、ビル陰に立って携帯電話を操作した。

《木村だ》

「羽島は、相生町のクラブ皐月……五月のむずかしいほうの字です。もしくはラウンジのブルーベル……どちらかに入ったと思われます」

《ブルーベルを覗け。羽島がいれば、一見の客になれ》

「了解」

《連れの素性が知れた。横浜市都市整備局の丸川局長。市の幹部職員の個人情報はデータに写真付きで載っている。それで確認しなさい》

江坂は頷いた。

木村の声には張りがある。

何か手応えを感じているのか。

そんなふうにも思うが、どうでもいいことである。

「羽島と丸川が別行動をとった場合はどうしますか」

《羽島は照井にまかせ、君は丸川を尾行しろ》

通話が切れた。

木村は簡潔な指示をする。無駄口どころか、説明も省く。調査員になりたてのころはとまどい、腹が立つときもあったが、もうすっかり慣れた。

照井に木村からの指示を伝えた。

「すぐに戻ります」

照井が駆けだした。背中のリュックがゆれた。

車に戻り、データを確認するのだろう。

日付が変わった。

酔客にまじり、着飾った女たちの姿もめだつようになった。

テナントビルのエレベーターから羽島と丸川が出てきた。四人のホステスがついている。「丸ちゃん、つぎはわたしを口説いてね」。真紅のワンショルダードレスを着た女が言う。四十代前半か。丸川が相好を崩した。涎が垂れそうだ。

「こんやはありがとうございました。近々、また遊んでください」

羽島が丸川に言い、頭をさげた。

丸川が鷹揚に頷き、右手にむかって歩きだした。

ひとりの女が丸川に寄り添う。

二十代後半か。白地に花柄のワンピース、ブラウンのジャケット。布地が裂けそうなほど胸がふくらんでいる。胸元をくすぐるように長い髪がゆれた。

丸川を見送っていた羽島が踵を返し、真紅のドレスの女に何事かささやいた。女の目が光った。「あした、電話する」。今度ははっきり聞こえた。

路肩に黒のタクシーが停まっている。迎車の表示が見えた。

照井に顔を寄せた。

「車で羽島を追え。たぶん、あのタクシーに乗る」

言い置き、江坂は丸川のあとを追った。

すでに十メートルほど離れていた。が、見失う心配はなさそうだ。連れの女は丸川にもたれるようにして歩いている。


丸川と女は鮨屋に入った。

五分後、江坂も入った。迷いはなかった。小腹が空いている。

客席は七割ほど埋まっていた。十四、五人が座れるカウンター席と、四人掛けのテーブル席が二つ。丸川らはカウンター席の中央にいた。

江坂は入口近くの角の席に腰をおろした。

刺身をつまみながら冷酒を飲みたいところだが、のんびりとはしていられない。好みのネタを八かんと味噌汁を頼んだ。

店内がざわざわとして、丸川と女の会話は聞き取れない。表情から察して、他愛のない話のようである。

マグロの赤身、アオリイカ、カンパチの三かんを食べたところで、ブルゾンのポケットの携帯電話がふるえだした。イヤフォンは耳からはずしている。
携帯電話を手にそとに出た。
「はい、江坂」
《照井です。羽島は戸塚の家に入りました》
「了解。ホテルに帰って、寝ろ」
《いいのですか》
「もちろん。先は長い。体力をむだにするな」
《江坂さんは》
「まだ相生町にいる。が、こっちはひとりで充分。丸川の行先が知れたら、俺もホテルで寝る。せっかく、鶴谷さんが用意してくれたんだ」
《わかりました》
「ただし、始発が動くころには戸塚へむかえ」
通話を切り、店に戻った。
丸川がぐい呑みを持ち、女は握り鮨をつまんでいた。

★　★

馬車道のカフェテラスで木村と朝食を済ませ、ホテルに戻った。

作戦本部には二人の調査員がいた。どちらもパソコンと向き合い、ヘッドフォンを装着している。この部屋には三人が常駐し、仲間からの報告を受けるほか、監視対象者の位置情報の確認、データの収集と分析を行なっている。

木村が話しかける。

「皆をはずさせますか」

「このままでかまわん」

そっけなく返した。

いつ、どんな情報が飛び込んでくるかわからない。それに、彼らは両耳をふさぎ、任務に集中している。木村とのやりとりは耳に入らないだろう。

鶴谷はソファに座り、煙草を喫いつけた。

紙の束を手に、木村もソファに腰をおろした。

いつもならファクスで資料を送ってくるのだが、今回はその必要がない。カフェテラスでもさわり程度の報告を受けた。

「前日分の報告書です」

木村が紙をテーブルに置いた。ざっと見て十数枚ある。

煙草をふかしながら、報告書を通読した。

前半には五名の監視対象者の行動が時系列で記してあり、後半部分には関係者の個人情報が載っていた。

報告書をテーブルに戻し、木村と目を合わせた。

「補充することはあるか」

「はい」木村が別の紙を手にする。「都市整備局の丸川に関するものから始めます。丸川がクラブ皐月のホステスと泊まったホテルニューグランドは予約が入れてありました。当日予約で、予約者は港南設計の田中雅代……総務課の社員です……宿泊者は丸川幸四郎、宿泊料金は港南設計が支払うようになっていました」

「企業として取引しているのやな」

「そうです。港南設計はかなりの頻度で利用しています」

「同宿した女の素性は知れたか」

「はい。加瀬正子、源氏名は翔子。富山県出身の二十九歳。地元の高校を卒業後、横浜に移り住みました。横浜市内の食品加工会社に入社したのですが二年半で退職。夜の仕事はクラブ皐月が四店目で、皐月にはまる二年います」

「正規のホステスか」

「売上制で契約しています。この二年間の年収は約千百万円……手元のデータを見るかぎり、売れっ子の部類に入ると思われます」

「どこに住んでいる」

「長者町のマンションです。入居時は皐月の入店時とかさなります。保証人は山田泰示……皐月のマネージャーです。マンションは1LDKで家賃十五万七千円。賃貸契約書は単身となっていますが、交友関係をふくめ、調査中です」

　鶴谷は報告書の文面を思いうかべた。

　路上での光景記述が印象に残っている。

「丸川は皐月の常連か」

「そのようです。が、密度で言えば、港南設計の羽島のほうが濃いかと……」木村が目元を弛めた。「報告書の文面が気になりましたか」

「ああ。真紅のドレスの女……なかなかの観察眼よ」

「同感です。で、その女の素性を調べています」

「たのしみや」ふかした煙草を消した。「つぎを頼む」

木村がテーブルの上を整理し、四枚の紙をならべた。

「左から港南設計の三沢、羽島、市の赤井、丸川。直近ひと月、けさ九時までの、ケータイの発着信履歴です」

この手の情報収集はすこぶる早い。警察人脈を活用しているのだ。

木村が続ける。

「きのう、鶴谷さんが港南設計を出たのは午後三時三十五分。同時刻、三沢は、港湾局の赤井に電話をかけています。通話時間は一分十七秒。通話をおえて約二十分後、赤井は港南設計を訪ねました。滞在時間は一時間ほどで、赤井が庁舎に戻る前に、羽島が丸川のケータイを鳴らしました。約三分の通話のあと、羽島は、笹川千紘という名義人のケータイにかけ、七分ほど話しています」

鶴谷はソファにもたれた。

木村の話しぶりは、嫌でも想像をかき立てる。

港南設計の三沢は、鶴谷の訪問を受けて、港湾局の赤井を自社に呼んだ。鶴谷への対応を話し合ったか。赤井との面談をおえた三沢は部下の羽島に声をかけ、羽島は都市整備局の丸川に連絡した。

赤いドレスの女が笹川千紘なのか。

頭をふり、ひろがる推測を消した。

木村が口をひらく。

「つぎに移ります」

「ああ」

木村とはつうかあの仲になりつつある。

「副市長の田所とWACの山西はいまも親しい関係にあるようです。内定取り消しを通告された三日後にも一緒にゴルフをし、関内で遊んでいました。ゴルフ場は三週間前に予約してあり、トラブル発生後もキャンセルしなかったということです。田所とは対照的に、港湾局の赤井は、トラブル発生以降、山西とは接触していません。それまではケータイのメールでやりとりをし、ひと月に一、二度は夜の街にでかけていたので、その変化が気になります」

淡々とした口調だった。

推論をまじえながらも、言葉に感情移入することはない。

鶴谷は首をひねった。

港南設計と市の幹部職員との関係がぼやけている。

三沢常務は港湾局の赤井と面談し、企画推進部の羽島は都市整備局の丸川と飲食を共にした。三沢と羽島は役割を分担しているのか。そうする理由があるのか。

赤井と丸川の仲も気になる。港湾局長も都市整備局長も市の主要ポストである。

「どうかしましたか」

木村がさぐるような目をした。

「何でもない。つぎに進んでくれ」

「はい。HPIの仁村ですが、ほとんど情報を集められていません。十八歳のときカリフォルニアの大学に留学、卒業後もロサンゼルスで暮らしていたようです。職歴は定かでなく、五年前、三十五歳のとき日本に戻ってきました。HPI東京事務所の社員になったのは三年前……最初の一年間はラスベガスのHPIのエージェントのようなことをしていたとの情報があります。が、確認はとれていません」

「カジノの宣伝と客を集める仕事か」

「デポジット……現地ではフロントマネーと称するようですが、エージェントは客がラスベガスへ出発する前にカネを預かり、勝ち負けは日本で精算する……バブル期は千万、億単位でデポジットする日本人もいました」

鶴谷は頷いた。

バブル最盛期、関西の極道は海外カジノのエージェントとなり、利ざやを稼いでいた。九州の暴力団は韓国チェジュ島のカジノと手を組み、週末になるたびチャーター機でカモを送り届けていたという。旅費や宿泊費、飲食代金も要らないことが魅力だったのか、百数十人乗りの飛行機が満席になったとも聞いている。

「仁村が横浜のＩＲ事業にどうかかわっているのか、調査中です」

「国籍はどっちだ」

「両方です。相手にするとすれば、それが厄介かもしれません」

「仁村にかぎったことじゃない」

にべもなく言い放った。

苦笑し、木村が報告を続ける。

「関係者の個人情報で気になるのは二人……ＷＡＣの営業統括本部長、米田は派手に遊んでいるとのうわさがあります」

「関内での夜遊びか」

「関外の福富町でも見かけると……複数の証言を得ました。今夜から関内と関外の両方で聞き込みを行ないます」

関内、関外は古くからの呼称で、明確な線引きはない。地元民によれば、伊勢佐木町や福富町は関外に属するという。

「もうひとりはワークスの和木です。周辺の者によれば、大のギャンブル好きで、最近は裏カジノに嵌っていると……こちらも事実関係を確認中です」

「引き続き、頼む」

言って、腰をうかした。

木村がきょとんとした。

「まだ報告があるのか」

「報告書の内容に説明を加える程度です」

「差し迫ったことではないのだな」

「はい」

「それなら、でかける」

「同行します」

「その必要はない。散歩がてら、山西に会う」

ＷＡＣから依頼を請けて三日目とはいえ、今回は情報収集もらくではなさそうだ。カジノ事案だけに困難は予想していたが、それでも気分は重くなる。

海風にあたりたくなった。

「ええのう」

白岩が感嘆しきりの顔で言った。

「大阪湾とは違うか」

「そんなことやない。見てみぃ」白岩が前方を指さした。「街がわいを歓迎しとる。観覧車もぴかぴか、熱烈な歓迎よ」

「…………」

あきれてものが言えない。まるでガキだ。

となりの木村が肩をふるわせている。笑えば白岩が機嫌を損ねる。

――これから新幹線に乗る――

夕方、白岩から電話があった。

――寄り道するか――

――ん。もうわいが恋しゅうなったんか――

――嫌ならそのまま帰れ――

――そうはいかん。おまえにさみしい思いはさせられん――

わけのわからないことを口走っても、気持の高揚は伝わってきた。

ひらめくものがあって、電話をよこしたのだろう。木村とはつうかあの仲だが、白岩とは阿吽(あうん)の呼吸でつながっている。

おかげで、気分が軽くなった。

木村を誘い、中華街で食事をした。タクシーで関内へむかおうとしたのだが、白岩に散策したいと言われ、海岸通りを歩いている。

信号を左折し、相生町に足を踏み入れた。

「皐月の場所はわかるか」

声をかけると、木村がスマートフォンを手にした。鶴谷や部下との交信にはガラケーと称する携帯電話を利用している。

「二つ目の路地を入ってすぐです」

言いおわる前に、白岩が足を速めた。

前方から三人の男が歩いてくる。中央の初老の男が足を止めた。

「おお、白岩じゃないか」

しわがれ声が響き渡った。

白岩が初老の男と正対する。

「黒田さん、ごぶさたでした」

「五年ぶり……もっと経つか。花房さんのお身体はどうだ」

「おかげさまで。手も口も達者です。黒田さんもお元気そうで、何よりです」

「わたしは、地獄の閻魔様に嫌われているようだ」

「あやかりたいです」

「天国に行きたいのか」

「はい。エンジェルに添い寝してほしいです」

初老の男が声にして笑った。涼し気な目をしている。

「横浜には稼業で来たのか」

「観光です」

答え、白岩がふりむき、鶴谷に目配せした。顔の向きを戻し、口をひらく。

「紹介させてください。幼馴染の、鶴谷です」

「鶴谷……」語尾を沈め、すぐに目をまるくした。「捌き屋さんか」

鶴谷は一歩前に踏みだした。

「鶴谷康です」

「面構えがいいね。わたしは黒田だ。あなたも観光か」

「どうでしょう」

曖昧に返した。

稼業の話をするつもりはない。

黒田が小首をかしげた。ちらっと白岩を見て、視線を合わせる。

「ご活躍を」

笑みをうかべて言い、黒田が歩きだした。

白岩が見送る。

鶴谷は、白岩に話しかけた。

「関東誠和会の若頭か」

「そうや」

「なんで紹介した」

「保険よ。黒田さんに筋を通しておけば、間違いない。それにしても、おまえは強運の持ち主や。黒田さんは家にこもりがちだと聞いていた」

「矍鑠（かくしゃく）としておられたが」

「粋人は、そういうもんよ」

澄ました顔で言い放った。

スマートフォンを片手に、木村が先へ進む。

「このビルの三階です」

木村が指さした先の袖看板に〈CLUB　皐月〉とある。

エレベーターに乗り、三階のフロアに降り立った。

「いらっしゃいませ」

ドアの前に立つ黒服が声を発した。にわかに表情がくもる。

気にしない。そういう顔は何度も見てきた。

黒服は白岩を見て、動揺したのだ。

白岩の右頰には古傷がある。耳朶から口元にかけて幅一センチの深い溝が走っている。二十歳のとき、チンピラ三人と喧嘩になり、サバイバルナイフで切られた。

すかさず、鶴谷は声を発した。

「港南設計の羽島さんの紹介や」

「かしこまりました」

声がはずみ、黒服の表情が戻った。

鶴谷はにこりとした。

こういうことも想定し、羽島の名前を使うと決めていた。隠すことはない。読みどおりであれば、いずれ羽島の知るところとなる。

フロアは二百平米ほどか。中央部分をブロンズ色のガラス板で仕切ってある。ブラウンとグレーを基調にした内装が落ち着いた雰囲気を醸しだしている。ホステスはざっと見て三十人ほどか。客は七分の入りで、スーツ姿の年輩者がめだった。

左手のコーナー席に案内された。

二人の女が笑顔で近づき、補助椅子に腰かけた。

「リンダさんとヨーコさんです」黒服が言う。「お飲み物は如何されますか。先に、羽島様の係の者を呼びましょうか」

「その必要はない。マッカランのボトルを」

「承知しました」

黒服が背をむけるや、リンダが顔を寄せた。笑みが消えている。

「千紘ママのお客様ですか」

「迷惑か」

鶴谷は目で笑った。

リンダが目をまるくし、ちいさな手をふった。

「羽島さんを知っているのか」

「何度か、お席に着いたことがあります」

「俺は、羽島さんと面識がない。千紘という名前も初耳よ」

「ええっ」

リンダがのけぞった。すぐに顔がほころぶ。

わかりやすい女だ。

千紘の名前は知っている。顔も写真で見た。

中華街で食事をしながら、木村の報告を聞いた。


――真紅のドレスの女の素性が判明しました。笹川千紘、源氏名は千紘がひらがなです。北海道は旭川出身の三十八歳。札幌の短大卒業後、横浜に住む叔父のコネで港陽信用金庫に就職。三十一歳のときに退職し、ホステスに転身。二年間はいくつかの店を転々とし、その後、弁天通にある牡丹というクラブに三年勤めたあと、皐月に移りました。スカウトされたようで、皐月では雇われママです――

――評判は――

――経営者や黒服の評価は上々のようです。売上も三人の雇われママの中では群を抜いています。ただ、牡丹でも皐月でもホステスらの評判は芳しくなく、名前を言っただけで顔をしかめる者もいたそうです——

——港南設計の羽島とはどういう仲や——

——それがはっきりしません。デキているとのうわさもありますが、千紘が住むマンションの周辺で、羽島を見たという証言はなかった——

——一人住まいか——

——そのようです。外人墓地に近い高台のマンションです——

鶴谷と木村が話しているあいだ、白岩は黙々と料理を食べていた。


「ヨーコ、歯が痛いんか」

白岩が言った。

ヨーコがぶるぶると首をふる。

白岩の面相を見て萎縮したのはあきらかだ。

「ほな、スマホを落として、へこんどるのか」

「…………」

ぽかんとしたあと、ヨーコが頰を弛めた。

「やさしいんですね」

「聞いたか」白岩が顔をむけた。「ヨーコはかしこい。人を見る目がある」

「見倣え」

鶴谷は言われる前に返した。

黒服がボトルとアイスペールを運んできた。

リンダが口をひらく。

「皆さん、どうされますか」

「水割りや」

白岩に言われ、リンダが水割りをつくった。

全員がグラスを持ったところで、着物を着た女がやってきた。

薄紫の単衣（ひとえ）。左胸に花の刺繍がさしてある。カキツバタか花菖蒲か。桔梗ではなさそうだ。いずれも初夏を彩る花である。

席に近づくにつれ、目つきが変わった。立ち止まったときはさぐるような気配を隠し、満面に笑みをうかべていた。

「初めまして、千紘です」

「ええのう」白岩が声をあげた。「わいの好みや」

「ほんとうですか」

千紘が声をはずませた。

白岩と顔を合わせても臆するふうもない。

「わいは博愛主義者よ」

「それって、誰でもいいってことじゃないですか」

千紘が瞳を端に寄せた。

ヨーコがうつむいた。

白岩がヨーコに声をかける。

「ヨーコはこっちに来い」

白岩と木村の間を指さした。

ヨーコが席を移った。

空いた補助椅子に千紘が腰をおろし、白岩に話しかける。

「羽島さんとお知り合いなのですか」

「俺や」

鶴谷の声に、千紘が視線をずらした。

「了解なしに、羽島さんの名前を使った。迷惑なら、帰る」

「とんでもないです」

「俺は鶴谷……あとで確認しろ」

目で頷き、千紘が名刺を差しだした。

和紙の名刺に〈笹川ちひろ〉とある。

鶴谷も名刺を渡した。

「お会いできて、うれしいです」

取って付けたように言い、千紘が鶴谷の名刺を襟元に挿した。

「ヨーコ」白岩が言う。「おまえらも飲め」

「はーい」

ヨーコとリンダが声を揃えた。

黒服がホステスを連れてきた。千紘と入れ替わるのだろう。

「どうぞ、ごゆっくり」

誰に言うでもなく声を発し、千紘が立ちあがった。

「翔子です」

丸顔の女が言い、木村の正面に腰をおろした。

濃紺のドレスのスリットが割れ、白い太股が覗いた。胸のカットも大胆で、乳房に
走る細い静脈が男心を誘っている。

鶴谷は、木村の言葉を思いだした。

――翔子は、いわゆる枕営業専門のようです――

そのときは白岩が反応した。「いまどき、死語や」。あきれて言った。


一時間ほどで『皐月』を出た。

座は盛りあがった。白岩がいて白けることはない。天然の人たらしである。一分もあれば初対面の者も軽やかな気分になり、白岩の世界に嵌ってしまう。予備知識のせいか、はじめは口数がすくなかった木村も興が乗り、饒舌になった。

おかげで、鶴谷はじっくり観察できた。

四人の女が見送りに出てきた。席には戻ってこなかった千紘もいる。

「お会いできるのをたのしみにしていると……羽島さんからの言伝です」

千紘が小声で言った。

「俺も、たのしみや」

「わたしも……また、いらしてくださいね」

千紘が目を細めた。

女たちから離れたところで白岩に声をかけた。

「もう一軒、つき合え」

「牡丹やな」

白岩がさらりと言った。

食事中の木村とのやりとりを聞いて、今夜の展開が読めたようだ。

木村が白岩に話しかける。

「白岩さんはどこに泊まるのですか」

「山下公園よ。あそこなら予約は要らん」

「それなら自分の部屋に……ツインです」

「ありがたいが、ことわる。わいは、野郎に寝顔を見せん」

「見たいやつなど、おらん」

鶴谷のひと言に、白岩がにやりとする。

「そうやな。しゃあない。おまえの部屋で寝たる」

言って、白岩が歩きだした。

後ろ姿もたのしそうに見えた。

パナマハットにブラウンのサングラスをかけた女が歩いてくる。オフホワイトのチノパンツを穿き、ネイビーのタンクトップにアイボリーの七分袖ジャケット。セミロングの栗色の髪が風になびいた。

鶴谷は笑みをこぼした。どこか菜衣に似ている。

テラス席に入ってきて、サングラスをはずした。

「こんにちは。きのうはありがとうございました」

美都里が笑顔で言い、丁寧に頭をさげた。

薄化粧だが、店で見た顔とおなじである。

席を勧め、鶴谷は煙草をふかした。

「びっくりしました。まさか、鶴谷さんがお見えになるとは……菜衣ママから何も聞いていなかったので、焦りました」

おどろいたのは自分のほうである。

美都里は客席に来るなり、目を白黒させた。鶴谷の顔を憶えていたのだ。

——お席に着きたいと思っていました——

——悪趣味や——

——菜衣ママに失礼ですよ——

そんな会話から始まった。

しばらくすると、白岩が美都里を気に入ったのがわかった。遊びの場での白岩は誰彼なく相手をたのしませる。それでも、表情やちょっとした仕種で、白岩が相手をどう見ているのか、感じとれるようになった。

――しっかりした子で、期待していたんだけど……――

盟友の菜衣の言葉でも鵜呑みにはしない。

自分の目で確かめたかった。

店員にアイスカフェ・オ・レを注文し、美都里が顔をむけた。

「菜衣ママには起きてすぐに電話しました。ママもびっくりしていました」

「うるさい男がいて、迷惑をかけなかったか」

美都里が白い歯を見せた。

「白岩さんのことですね。たのしかったです。最初はどうしようと思いましたが……すみません。菜花もそうでしたが、暴力団関係者の入店をことわっていて、どうなることかと不安でした」

「店から言われなかったのか」

「途中でマネージャーに呼ばれ、どういう人かと訊かれました。でも、ママが、遊んでいただきなさいって……ほっとしました」

座が賑やかになったころ七十年輩の女が来て、挨拶をした。

「あの人が経営者か」

「そうです。来年、牡丹は五十周年。鶴谷さんのそばにいた志乃さんはママの娘で、来年からママとしてお店を継ぐそうです」

「なるほどな」

鶴谷は納得した。

面接はおわった。白岩への感想を聞けば充分である。

志乃は鶴谷と話していても、さりげなく周囲に目を配っていた。白岩と美都里のやりとりも耳に入っていたようで、ときおり笑みを洩らしていた。

従業員を見れば店の質がわかる。逆も然りだ。

美都里がグラスを持ち、ストローを口にした。

隠れていた陽が射し、グラスの水滴をきらめかせた。

気分がよければ、日常の些細なことにも目が向く。パニック発作という持病をかかえているうち、周囲の風景を見て精神の状態を判別するようになった。

美都里がグラスを置いた。

「ご相談とは、何でしょう」

声に緊張の気配がまじった。

店では稼業に関する話は一切しなかった。

――あすの昼間、時間がとれるときに会えないか。相談したいことがある――

見送りに出た美都里に、そう声をかけた。

――銀座に憧れていて、牡丹のママにむりをお願いしました。ママは菜花がオープンしたときお客様に連れられて行ったそうです――

その話を聞いて、美都里に会うと決めた。

美都里は二つ返事で応諾し、「午後二時でいいですか」と訊いたのだった。

鶴谷は、ふかした煙草を消した。

「菜花で働く前も牡丹にいたそうやな」

「はい。三年ほどいました」

千紘は二年前に『牡丹』から『皐月』に移っている。美都里が『菜花』で働いたのは三年間だから、二人は一年あまり『牡丹』で一緒だったことになる。

「千紘という女を憶えているか」

「皐月にいる千紘さんですか」

「そう。どういう女や」

美都里が目を伏せた。

にわかに表情が曇った。困惑したようにも、思案するようにも見える。

「印象だけでかまへん」

「一年ほど一緒だったのですが、客席以外ではほとんど話をすることがなくて……世界が違うというのか、わたしとは距離がありました」

言葉を選ぶかのように、ゆっくりと喋った。

木村によれば、ほかのホステスも似た印象を口にしている。

「客の受けはどうやった」

「それはもう……痒いところに手が届くというか、千紘さんの接客ぶりは際立っていました。わたしには真似ができません。あの人、入店して半年も経たないうちにベストスリーの常連になりました」

「で、引き抜かれたわけか」

美都里が目をぱちくりさせた。

「千紘さんをご存知なのですか」

「きのう、牡丹に行く前、皐月に寄った」

「…………」

何か言いかけたが声にならず、美都里がストローを口にはさんだ。

鶴谷は間を空けた。

「港南設計の羽島という男を知っているか」

「はい」

「牡丹でも、羽島は千紘の客だったのか」

「はじめは違いました。港南設計は牡丹のお得意様で、会社の皆さん、ママの担当でした。でも、羽島さんから頼まれたようで、ママは、千紘さんの実績を考慮して羽島さんだけ千紘さんの担当にしたそうです」

「ほかに、港南設計の誰が来ていた」

「メインは常務の三沢さんです。三沢さんは課長のころから接待で牡丹を利用していたと、ママに聞いたことがあります」

木村の報告と齟齬はない。いまも三沢は牡丹の上客である。

「三沢も知っているのか」

美都里の表情が弛んだ。

「わたしが牡丹で最初に着いたのが三沢さんのお席でした。それ以降、お席に呼ばれて……牡丹に戻ったあとも声をかけていただいています」

「おだやかな方です。どなたといらしても気配りができて……牡丹に戻ったあとで常務になられたと聞いたとき、なるほどなって思いました」

「おとといも店に来たそうやな」

「…………」

美都里が口を半開きにした。瞳が固まる。

「喋りたくなければ、それでもいい」

「ご相談とは、三沢さんのことですか」

「そうよ」

鶴谷はきっぱりと答えた。

曖昧なもの言いは美都里に失礼である。そうでなくても、美都里が鶴谷の要請を受け入れれば、『牡丹』のママとの信頼関係が崩れるおそれもあるのだ。

美都里がそっと息をついた。

「続けてください」

「おとといは誰と来た」

「仁村様と、彼の上司の、ケン平井というお方です」

鶴谷は頷いた。

　木村から報告を受けた。おとといの夕方、ＨＰＩ東京事務所の平井所長と仁村は東京から横浜へむかい、ホテルニューグランドにチェックインした。午後七時に三沢と会食したあと、『牡丹』で遊んでいる。

　そんなことは美都里に話せない。

「二人の素性を知っているか」

「ＨＰＩ……ハーパー・パレス・インターナショナルという会社の方です。仁村様は去年の暮れに三沢さんと来られて以来、月に二、三度、ほかの方ともお見えになっています。平井様はおとといが初めてでした」

「どんな雰囲気だった」

「和気藹々（あいあい）……三沢さんはいつもどおりで、ＨＰＩのお二人も寛いでおられるように見えました」

「三沢が一緒じゃないときも、仁村の席に着くのか」

「毎回、呼ばれます」

　美都里が肩をすぼめた。

　仁村が美都里を気に入っているのはわかった。

畳みかけたいところだが、ものには順番がある。

「仁村以外に、三沢さんは誰と来る」

「いろんな方と……全員のお名前は憶えていません」

「横浜市の幹部職員と来たことはあるか」

美都里がこくりと頷いた。

また表情が曇った。

むりもない。鶴谷の話を聞くと決めても、心はゆれるのだろう。

「美都里に迷惑はかけん。こうして質問するのも迷惑だろうが」

美都里が頭をふった。

「鶴谷さんの役に立ちたい……でも、ちょっと複雑な気持です」

「むりはするな。質問を続けていいか」

「どうぞ」

「幹部職員の名前を言えるか」

「三沢さんは、いろんな部署の管理職の方を連れて来られます。とくに親しくされているのは港湾局の赤井様かと……何度か、食事に同席したことがあります」

「安心なんだ」

「えっ」

「何でもない」

鶴谷はそっけなく言った。

そろそろ解放してやったほうがよさそうだ。

美都里の誠意は伝わってきた。緊張しているのもわかる。

セカンドバッグから白い封筒を取りだした。三十万円が入っている。

それを美都里の前に置いた。

美都里がきょとんとする。

「謝礼や」

「そんな……いただけません」

「それでは俺がこまる。菜衣に罵倒される」目で笑った。「それはともかく、俺は相談を持ちかけ、美都里はそれに応えた。謝礼は当然や」

こまったような顔をし、美都里が封筒を手にした。

厚みでわかったのか、目をまるくする。

「こんなに、いただけません」

「気にするな。俺にとっては仕事……美都里の協力のおかげで、助かった。おかあさんに精のつくものを食べさせなさい」

　美都里が息を吐き、口をひらく。

「では、お言葉に甘えます」

　拝むようにし、美都里が封筒をバッグに収めた。

　さっと風が流れた。

　美都里が右手でパナマハットにふれる。

　鶴谷は目元を弛めた。

　そんな仕種も菜衣に似ている。


　歩いてホテルに戻り、作戦本部のあるレストルームに入った。

　三人の調査員がパソコンと睨めっこをしている。木村は、室内を歩き回りながら電話で話をしていた。

　鶴谷はソファに腰をおろした。

　イヤフォンをはずし、木村も座った。

「収穫はありましたか」

　頷き、美都里の話を簡潔に教えた。

「そっちはどうや。ＨＰＩの二人はまだ横浜にいるのか」

　ＨＰＩ東京事務所の平井所長と仁村はおとといの夕刻に横浜に入り、港南設計の三沢と飲食を共にした。きのうは、車で横浜市内を動き回り、山下ふ頭やランドマークタワーなどを視察し、横浜商工会議所の幹部らと会食した。

「はい。宿泊先のホテルで昼食をとったあと、二人で市の庁舎へむかいました。かれこれ二時間、まだ庁舎から出てきません。誰と会っているのか不明です」

「港湾局の赤井と都市整備局の丸川はどこにいる」

「庁舎内にいると思われます」

　断言しないのは携帯電話の位置情報を拠り所にしているためか。

「副市長の田所も庁舎内にいるようです」

　言って、木村がお茶を淹れる。

　視線を戻したときは木村の表情が締まっていた。

「三沢は何を考えているのでしょう」

「どういう意味だ」

「自分には港南設計の動きが慌ただしいように思えます。鶴谷さんが港南設計を去った直後に、三沢は港湾局の赤井と面談し、夜はＨＰＩの二人と会食した。同時刻、企画推進部の羽島は都市整備局の丸川と関内で遊んでいた。鶴谷さんの訪問を受け、関係者と対応策を話し合ったのでしょうか」

「わからん。興味もない」

にべもなく言い、煙草を喫いつけた。ふかし、続ける。

「ひとつ言えるのは、三沢にはこそこそする気がないことだ。やつは俺に関する情報を集めていた。俺の仕事の流儀や手法はわからなくても警戒はするだろうし、行動するさいには細心の注意を払うのが普通や」

「自信の表れでしょうか」

「見くびっているのかもしれん」

「…………」

木村が目を見開いた。

「どうでもいい。おまえは、やつらの動きに惑わされるな。むこうがどう対策を講じようとも、過去の事実は消せん。ばれないようにするのが関の山よ」

木村がこくりと頷いた。

「すみません。あれもこれも気になって……自分の任務に専念します」

「状況を教えろ」

「ここにいる三人はこれまでに判明した関係者の行動を位置情報と照合しながら分析し、東京組は関係者の通話記録、口座の入出金明細を精査中です」

「不審な点はあるか」

「カネで気になるのはワークスの和木です。和木昇太名義の口座はカネの出入りが激しく……吉村一夫なる人物の口座とは頻繁にやりとりがあります」

「何者や」

「銀行の口座を開設した四年前は港湾で働く日雇い労働者でした。当時、中区黄金町（こがねちょう）のアパートに一人で住んでいたようですが、二年ほど前から消息がわからなくなりました。アパートの住人や港湾労働者から話を聞いたのですが、消息を知る者はいませんでした。生きていれば、ことし八十三歳になります」

「口座の利用者は別人というわけか」

「おそらく売買されたのでしょう」

　携帯電話や銀行口座は闇で売買されている。売買専門の業者がおり、彼らは生活困難な高齢者、カネをほしがる若者らを利用して携帯電話や銀行口座を入手し、特殊詐欺や覚醒剤売買などを行なう犯罪者に売っているという。

「一回で、どれくらいのカネが動く」

「数万円から数十万円……吉村とのカネのやりとりは昨年の十二月から始まり、三十万円を超えたときもあります」

「マンションカジノか」

「それなら、これほど頻繁には口座を利用しません。マンションカジノは、アシがつかないよう、現場での現金精算が基本です。常連客には貸付もしますが、返済もふくめて、現金の手渡しが一般的です」

「となると、ネットカジノか」

「自分は、そう思います」

　インターネットカジノ、通称インカジが流行りだしたのは二〇一五年である。当初はパソコンやスマホを使ってのアプリゲームのような遊び感覚で、カネを賭けても小遣い程度の額であった。その後、インターネットカフェにも普及した。画面に海外カジノのプレイ卓を映しだして客の射幸心を煽り、賭金も高額になった。暴力団の資金源になっているともいう。

「それらしい動きがあるのか」

「いいえ。和木の監視を始めて三日目……気になる動きはありません」

「金融機関からの借入はあるか」

「あります。クレジットカードで四十万円。サラ金二社と取引がありますが、現在は借入をしていません」

「完済したのはいつだ」

「どちらも昨年の十二月十日……ワークスのボーナス支給日です。クレジットカードのほうもその日以降、借入はなく、口座引き落としで定額を返済しています」

「吉村との、最近のやりとりは」

　木村が資料を手にした。

「ゴールデンウィーク明けの七日、吉村が六十五万円を振り込んでいます。五月十五日が三十五万円、二十二日は十八万円……いずれも吉村から和木へ。ゴールデンウィークまでは和木のほうからの振込がめだちます」

「去年の十二月からのトータルは」

「和木のマイナス三十六万円です」

「たいしたもんや」

　つぶやき、鶴谷はソファにもたれた。

　ネットカジノに嵌っているとして、半年間でその金額なら御の字だ。博奕の技量は半年一年単位で判断するものだと、その道のプロに聞いたことがある。

煙草で間を空けてから、木村に話しかけた。

「ほかの口座はどうや」

「現時点で、どの口座も不審なカネの動きはないです」

「ケータイは」

「通話の相手の身元を確認しています」

木村が申し訳なさそうに言った。

時間がかかってあたりまえである。監視対象者のほか、主な関係者が所持する携帯電話の発着信履歴を入手したのだ。他方、動員する調査員にはかぎりがある。すでに優信調査事務所の約三分の二の調査員が鶴谷の仕事に携わっているのだから、追加の動員もままならないだろう。

ポケットのスマートフォンがふるえだした。画面を見て、寝室に移る。

「どうした」

《お仕事中に、ごめん》

菜衣の声は耳に心地よい。

そういう気がするだけでも神経が穏やかになる。

《美都里から連絡があったよ》

「俺の稼業を知りたがっていたか」
《それはなかった。康ちゃんとどんな話をしたのかも言わなかった》
「それでも不安なんだな」
《康ちゃんとおなじね》
「はあ」
《わたしは精神安定剤……そう言ったでしょう》
「忘れた」
くすっと笑う声がした。
《不安はあるかもしれないけど、康ちゃんから声をかけられて意気に感じているみたい。美都里はそういう子なのよ》
「憶えておく。切るぜ」
《また行きたい。お仕事がおわったら、夜景を見ながら……》
「残念やな」さえぎり、言葉をたした。「あのホテルは全フロア禁煙になった」
三年前になるか。菜衣とホテルニューグランドで食事をした。
菜衣は何でも憶えている。
窓を見て息を吐き、通話を切った。

港南設計の羽島の監視を始めてまる二日が過ぎ、きょうから任務が変わった。

よくあることだ。何日もおなじ人物を監視していれば、相手に気づかれるおそれがある。ひとつのことをやり続けることで気が弛むこともある。

そうした理由から、木村はまめに配置換えを行なっている。

不満などあろうはずもない。江坂は木村の手腕を信頼している。

★　　★

男が喫茶店から出てきた。

「上機嫌ですね」

相棒の照井が耳元でささやいた。

けさから、ワークスの和木を監視している。今回は監視だけではなく、和木の周辺での聞き込みもするよう命じられた。

午前八時半、和木は中区宮川町にある自宅マンションからあらわれた。ジーンズにスニーカーを履き、ボタンダウンシャツにジャケットという身なりで、縦長のリュックを背負っていた。大岡川に沿って北へ五分ほど歩き、中区野毛町のオフィスビルに入った。五階にはシステムセキュリティー会社ワークスの横浜支店がある。

正午前、和木はオフィスビルから出てきた。会社の同僚なのか、二人の二十代と思しき女二人を連れ、近くにある喫茶店に入ったのだった。

機嫌がよさそうに見えるのはいまだけではない。出勤するさいの足取りは軽やかに見え、ときおり笑みをこぼしていた。

三人はたのしそうに会話しながら、ワークスのあるオフィスビルに消えた。

江坂は路地角に立ち、イヤフォンにふれた。

《はい、木村》

「江坂です。和木はランチをおえて社に戻りました」

それだけの報告であればメールで済ませる。

「先ほど写真を送った女二人の素性はわかりましたか」

《判明した。二人ともワークスの契約社員だ。ショートカットのほうは久里夏美、セミロングは深谷京香……個人情報が集まり次第、データを送る》

「お願いします。このあと、照井は監視を継続、自分は聞き込みにまわります」

《了解》

通話が切れた。

照井が口をひらく。

「この周辺で聞き込みをするのですか」

「宮川町に行く。その前に、おまえは食事をしてこい。戻るまでここにいる」

「では、さっきの喫茶店に行ってきます」

江坂は目を細めた。

照井もやることがわかってきたようだ。


マンションのエントランスから女が出てきた。

白のチノパンツに黄色のパーカー。ポシェットを襷がけにしている。

七階建てマンションの大半はワンルームで、管理会社の者によれば、全三十七世帯の九割が独身の男女という。「水商売の子が多いみたい」。周辺の聞き込みでそういう証言を耳にした。大岡川を渡れば歓楽街の福富町がある。

江坂は女に近づいた。

「こんにちは、自分は東京の調査会社の者です」名刺を見せてから、和木の写真をかざした。「この方をご存知ですか」

マンションの住人に声をかけるのは三人目だ。前の二人には無視された。

「知ってるよ」あっけらかんと言う。「おなじ四階の人」

「面識があるのですか」

「顔を合わせたときに挨拶するくらい。この人がどうかしたの」

「ある企業から依頼を受けまして……この方の情報を集めています」

「ヘッドハンティングなの」

「そんなところです」

「ふーん。あの人、優秀なんだ」

感心するような顔になった。

「お話を聞かせていただけませんか」

「いいよ。でも、これからお昼なの」

「どなたかと待ち合わせですか」

「昼間から客と会う気はしないよ」

くだけたもの言いが続いている。

歳は二十代半ばか。丸顔で、眉が濃い。くちびるが乾いている。

「では、つき合わせてください」

「さっきの名刺を頂戴」

言われ、名刺を差しだした。

女がポシェットからスマートフォンを取りだし、画面にふれる。

「ちゃんとした会社ね」顔がほころぶ。「いいよ、奢ってくれるのなら」

「もちろんです」

笑顔で返した。

とんとん拍子に話が進む相手には滅多にお目にかかれない。


大岡川に架かる橋の近くの喫茶店に入った。

午後一時を過ぎたところだ。中年の女がテーブルを片付けていた。客が一時に退いたのか、あちこちに空のグラスや皿がある。

「マスター、おはよう」

カウンターの男に声をかけ、女が奥のテーブル席に座った。

江坂も腰をおろし、ショルダーバッグを脇に置く。

テーブルには灰皿とランチのメニューがある。

「わたし、ナポリタンとアイスコーヒー」

言って、ポシェットから煙草を取りだした。口の端にくわえ、デュポンのライターを持った。チンと鳴る。美味そうにふかし、目をむけた。

「江坂さんは」

名前を覚えたようだ。

「ブレンドを」

水を運んできた中年の女に注文し、視線を戻した。

「あなたの名前は」

「ユカリ。お店も本名……使い分けるの、面倒だもん」

訊かないことまで喋った。

「どこで働いているの」

「福富町のキャバクラ。歳だし、関内のクラブに移ろうかと思っている」

「若いじゃないか」

つい軽い口調になった。

「二十八よ。キャバクラは二十五歳までが華ね」

「ふーん」

江坂は肩をすぼめた。

クラブやキャバクラには縁がない。そんな店で遊びたいとも思わない。セックスをしたくなれば性風俗店に行く。女が恋しくなれば出会い系サイトを利用する。警察官のころからそうだった。学生時代から人づき合いが苦手で、自分の気持を相手に伝えられなかった。結婚できたのが不思議なほどである。

アイスコーヒーを飲み、ユカリが話しかける。

「何が訊きたいの」

「写真の人の名前を知っているかい」

「和木さん。メールボックスに書いてある」

江坂は目をぱちくりさせた。

「興味があるの」

「まさか。仕事のせいかな。名前を覚える癖がついたみたい」

「おなじフロアだと言ったね」

「そう。和木さんが四〇五、わたしは四〇一号室。メールボックスは毎日、中を確認するから、ほかのネームプレートの名前も覚えちゃう」

中年の女がミニサラダとナポリタンを運んできた。

「食べおわるまで待って」

返事も聞かないで視線をさげた。煙草を消し、フォークを手にする。

五分ほど待たされた。

紙ナプキンをくちびるにあてたあと、ユカリが水を飲んだ。

「お待たせ」

笑顔で言った。

「和木さんが誰かと一緒のところを見たことはあるかい」

「女の人」語尾がはねた。「男の人も見たことがない」

「和木さんはどんな感じの人かな」

「見た目は暗く感じるけど、話したらそうでもない」

「挨拶だけじゃないのか」

ユカリの目が三日月になる。

悪戯(いたずら)っぽい仕種に見えた。

「ひと月くらい前、お店を出てすぐ、ばったり会って……わたし、お客さんとアフターをすることが多いんだけど、その日はお客さんとトラブルになって。気分直しに和木さんを誘ったの。和木さんの知っているお店でごちそうになっちゃった」

「何ていう店かな」

「塒(ねぐら)ってバー。読めない漢字だったから憶えている」

「どんな話をしたのか、教えてくれないか」

「いいよ。口説かれたわけじゃないし……ほとんどアプリゲームの話だった」

「ゲームが好きなのか」

「わたしも一人暮らしだからね」

ことなげに言った。

「和木さんはゲームに詳しいの」

「かなり。聞いたこともない用語も口にして……訊いたら、コンピューター関係の仕事をしているって……だから、さっきヘッドハンティングがうかんだの」

「なるほど。で、そのあとは」

ユカリが首をひねり、睨むような目をした。すぐに表情を弛める。

「残念だけど、三十分ほどで先に埘を出たわ」

「和木さんは」

「用があるから、もうすこしここにいるって言われた」

「埘で、誰かと待ち合わせていたのか」

「どうかな」

「あなたが店を出た時間を憶えているかい」

「一時ごろだと思う」

「マンション以外で話したのはその一回きりなのか」

「そう。その程度の縁なのよ」

「……………」

江坂は言葉に詰まった。

さばさばとしたもの言いが妙に心地よかった。

そんなもんよ。

口癖のように言う。もっとも、江坂のほうは投げやりな口調になる。


ユカリのスマートフォンの番号と勤務先の店名を聞き、喫茶店を出た。ユカリは残ってスマートフォンのゲームアプリで遊ぶと言った。

和木が住むマンションに戻って聞き込みを続けたが、収穫はなかった。午後三時を過ぎたところで中区野毛町に引き返し、照井と合流した。あれ以来、ワークスの和木は姿を見せないという。

照井がガードレールに腰かけ、両足のふくらはぎを揉みだした。立ちっぱなしだったのか。スニーカーを脱いで足の裏も解した。

「江坂さんは収穫がありましたか」

「マンションの住人から話を聞けた」

言って、ユカリの証言をかいつまんで教えた。

「どちらもゲームオタクってわけですか」

「おまえはやらんのか」

「止めました。クビになる元です」

江坂は頬を弛めた。

喫茶店の片隅でゲームに熱中するユカリの姿がうかんだ。

スマートフォンが普及し、ゲーム依存症の患者が急増したという。若者だけではなく三十代、四十代のサラリーマンや主婦にも拡散し、月に数十万円を消費する者もいるという。一時期のパチンコ依存症とおなじである。

「嵌れば、仕事中でもやりたくなるのか」

「それはないけど、いつも頭のどこかにゲームのことがあるのでしょう。で、ひまがあればつい手をだしてしまう。LINEも似たようなものです」

あいかわらず冷めたもの言いをする。

携帯電話がふるえだした。相手を確認し、イヤフォンを耳に挿す。

「はい、江坂です」

《東口です。これから会えますか》

「ええ。場所を言ってください」

《いま、どちらですか》

「野毛町です」

《申し訳ないが、あまり時間がない。県警本部の近くでいいですか》

「もちろんです」

《では、二十分後、待ち合わせ場所はショートメールを送ります》

　通話が切れた。

　イヤフォンをはずし、照井に声をかける。

「これから県警の人と会う。ひとりで大丈夫か」

「時間がかかりそうですか」

　江坂は腕の時計を見た。午後三時三十分になるところだ。

「五時までには戻れると思う」

「連絡はとれるのですね」

「ああ。人手がいるような事態になれば、応援を要請する」

照井が頷いた。

携帯電話にＳＭＳのメッセージが届いた。

東口が指定した喫茶店は徒歩で十五分もあれば着く。横浜市内の地図は頭に叩き込んだ。徒歩や車でのおおよその所要時間も記憶にある。

「頼む」

江坂は照井の肩をぽんと叩き、その場を離れた。


海岸通り沿いにある喫茶店に入った。

東口昌大は窓際の席に座っていた。ブラウンのタータンチェックのブレザーに黒っぽいズボン。左手に紙を持っている。

江坂は、席まで行って声をかけた。

「ごぶさたでした」

東口が顎をあげる。

「やあ。一年ぶりかな」

電話とは異なり、気さくなもの言いになった。

そのほうが慣れている。東口は四歳上である。

江坂は腰をおろし、話を続けた。

「去年の春に新宿で飲んで以来です」

「そうか。あの折りは世話になった」

「とんでもないです」

笑顔で返し、ウェートレスにアイスコーヒーを頼んだ。

東口との縁は十数年になる。

とりつきは公安事案の内偵捜査だった。麻薬密売にかかわっていると思われる中国人グループを監視中に不審な行動をとる男に気づいた。江坂が訊問をかけると、男は警察手帳を示した。〈神奈川県警察本部　警部補　東口昌大〉とあった。

──警備部公安第一課です。あなたは──

──警視庁公安部、巡査部長の江坂です──

──どうやら的はおなじのようだね。これも何かの縁だ。手を組まないか──

いきなり言われ、面食らった。

警視庁と神奈川県警は犬猿の仲である。おなじ事案をかかえていても、連携どころか、情報交換さえしようとしない。そのせいで、事件解明が遅れたこともある。その最たるものがオウム事件で、両者が連携して捜査にあたれば地下鉄サリン事件はおきなかったともいわれている。

だが、ことわる理由はなかった。むしろ、歓迎した。中国人グループは神奈川県川崎市を拠点にし、川崎市や横浜市でも密売をしているとの情報を得ていた。

江坂は、上司や同僚を無視し、独断で連携することを決めたのだった。おかげで、中国人グループを摘発することができた。しかも、東口は犯人らの身柄の引き渡しを要求しなかった。東口も単独で手を組んでいたのだ。

犯人らが起訴された翌日、江坂は横浜にでむき、謝意を伝えた。あのときの中華街での料理と馬車道で飲んだ酒はすこぶる美味かった。

以来、たまに電話で話し、年に一、二回、東京か横浜で酒を酌み交わすようになった。江坂が辞職したときは東口が東京に来て、労(ねぎら)ってくれた。

ウェートレスがグラスを運んできた。

アイスコーヒーを飲んで、視線を合わせる。

「依頼された件だが」

東口が声量をおとし、テーブルの紙を手にした。

江坂はそれを受け取った。

手書きで、固有名詞と住所が記してある。

「組織犯罪対策本部の薬物銃器対策課と生活安全部が把握しているのはその七箇所。いずれも内偵中と聞いた」

「七箇所も……横浜は裏カジノが盛んなのですか」

「昔はメッカだった。昭和四十年代後半から五十年代半ばにかけて登場したカジノは大勢の客で賑わったそうだ。もっとも、それらはゲームセンターのカジノ版みたいなもので、県警も看過していた。それとは別に、ルーレット教室とかディーラー養成所と称してカジノ賭博をやっていた。店を改装して別室にルーレット台を置くバーやスナックもあったそうだ」

「ソープランドとカジノ賭博……まさしく歓楽街ですね」

「暴力団の天国よ」

東口が吐き捨てるように言った。

江坂は、紙を見ながら口をひらいた。

「店名があるのはネットカジノですか」

「そう。表向きはネットカフェということだった。下の三つはマンションカジノ……いずれも福富町と野毛町、その周辺で営業している」

江坂は頷いた。

けさ早く、おなじホテルにある作戦本部に呼ばれた。

——ワークスの和木はカジノに嵌っているとの情報がある。監視と並行し、横浜のマンションカジノとネットカジノの情報を集めてくれ——

木村の指示を受け、東口に協力を要請したのだった。

東口が言葉をたした。

「電話で聞いたカネのやりとりだが、マンションカジノは店内での現金精算。常連の客には貸付を行なっているそうだ。ただし、胴元は、客の懐具合を調べていると聞いた。不動産などの資産があっても、他店に借金があれば貸し付けない。借金の回収で他店と揉めるのを避けるためらしい」

「暴力団がやっているのですか」

「そのことで、内偵捜査は慎重を期している。実態は暴力団の賭場でも、どのマンションの賃貸契約者も暴力団に属していない。前科もない。経営者と暴力団とのつながりが解明できないかぎり、本格捜査に踏み切れないそうだ」

江坂は肩をすぼめた。

踏み切れないではなく、踏み切らないのだ。

堅気者の単純賭博や賭博開帳図利(とり)では点数が挙がらない。組織犯罪対策本部は当然のこと、生活安全部も暴力団幹部の逮捕で金星を摑みたいのだ。

　アイスコーヒーで間を空けた。

「ネットカジノのほうはどういう仕組みですか」

「入ったことがないのか」

「ええ。現職のころは流行っていませんでした。いまの仕事でもカジノどころかネットカフェとも縁がなかった」

「俺も右におなじ……この情報をくれた人からレクチャーを受けたが、ゲームアプリしか連想できなかった。カネのやりとりは店によって異なるそうだ。一般的には、入店時に現金かクレジットカードでチップを買い、客が勝てば、店側が客の口座にカネを振り込む。警察に摘発されても、チップの買い戻しはしていないと言い逃れるためだ。おなじ理由で、客が一万円以上のチップを購入する場合は、店が指定した口座に客が振り込むようになっているそうだ」

　東口がよどみなく喋った。

　記憶力がいいのはわかっている。

「デポジットはしないのですか」

「デポジットもチップの預かりもあるらしいが、ちかごろの客は警戒心が強く、口座取引を望んでいると……店が摘発されたら元も子もないからね」

東口が苦笑を洩らした。

江坂はブルゾンの内ポケットをさぐった。白い封筒をさりげなくテーブルに置く。十万円が入っている。

「謝礼です」

東口が封筒を手にした。目元がほころぶ。

「重いな。会社は景気がいいのか」

「会社はぼちぼち……依頼主は太っ腹です」

「あやかりたいもんだ」

さらに表情を弛め、封筒をセカンドバッグに収めた。

調査員には経費として最初に五十万円が支給される。使途の明細は書類に記載するけれど、領収書の添付は必要ない。経費が嵩めば追加の支給も要請できる。が、それも鶴谷の仕事にかぎる。カネにうるさい依頼主も大勢いる。

東口が視線を戻した。目つきが鋭くなっている。

「わかっていると思うが、県警と揉めてくれるな」

「配慮します」

江坂はさらりと返した。

それが精一杯の配慮である。調査員の任務は監視と情報収集。その段階でのトラブルは避けるよう努める。が、東口の要望を鶴谷に伝えることはできない。

捌き屋はどんな手段を用いても仕事を完遂する。そういう稼業なのだ。

鶴谷が仕事をやり遂げなければ報酬手当はもらえない。

「面倒そうだな」

東口がつぶやいた。

「仕事が上手く行ったら、フルコースで接待しますよ」

「ソープランド付きか」

「もちろんです」

「いいね」

東口がにやりとした。

泊まり込みで東京に来たさいはホテルにデリヘル嬢を呼ぶと聞いている。

「またむりなお願いをするかもしれません。その折りはよろしく」

言って、江坂は伝票を手にした。

大岡川の水面にソープランドのネオンがゆれていた。

江坂は橋を渡り、福富町に足を踏み入れた。

闇が濃くなり、歓楽街は男どもの歓心を誘っている。

まもなく午後八時になる。

ワークスの和木は六時過ぎに会社のあるビルから出てきた。ひとりだった。中華屋で炒飯と餃子を食べてから自宅マンションに帰った。

一時間ほど張り込んだあと、相棒の照井に監視を託し、福富町へむかった。

——塒ってバー。読めない漢字だったから憶えている——

昼間に話を聞いたユカリの言葉が引っかかっていた。

一つ目の路地を右折し、ソープランドの前を通り過ぎて左折する。

左右にちいさな雑居ビルが建ちならんでいた。どの建物も老朽化している。袖看板に〈バー塒〉の文字を見つけ、足を止めた。二階に〈ベイドリーム〉、三階と四階の欄に文字はなく、弱々しい灯がプラスチック板の汚れを際立たせている。

四階建てビルの間口は四メートルもなさそうだ。一フロアに一店舗なら、建て替えても多くの収益は望めないだろう。

一階の木製の扉を開けた。

「いらっしゃい」

カウンターから声がした。

白髪の男が眼鏡の鼈甲フレームにふれた。値踏みするような目つきだ。七十歳前後か。白の立て襟シャツに、赤と黒のチェックのベストを着ている。

カウンターだけの店で、八つのスツールがある。

先客はひとり。六十年輩の男が奥の席で頬杖をついていた。

江坂は手前のスツールに腰かけた。

白髪の男がおしぼりを差しだした。

「何にしますか」

ぶっきらぼうなもの言いだった。

愛想のかけらもない。

江坂はバックバーを見た。ショットバーか。どのボトルにも首飾りがない。

「ジャックダニエルをロックで」

襷に掛けたままのショルダーバッグの底をさぐった。

ひとりで酒場に入ると煙草を喫いたくなる。間が持たないのだ。

左肘をカウンターにあて、煙草をふかした。店内を眺める。

壁は黄土色にくすんでいる。五号ほどの絵がある。港の夜景だ。ガラス板をまめに拭いているのか、その絵だけが輝いていた。

白髪の男がタンブラーを置き、柿ピーの小皿を添えた。

いいね。

江坂は胸でつぶやいた。

酒場はシンプルにかぎる。

グラスを傾けてから白髪の男に声をかけた。

「あの絵は、昔の横浜港かな」

「小樽」

ぼそっと言った。

「マスターはね」奥の客が言う。「小樽の出身よ。十六歳のとき出稼ぎに来た。港で小銭を貯め、二十八歳でこの店を開いた」

「よくご存知で……長いおつき合いなのですか」

「四十年さ」

「お幾つなのですか」

「来年、わたしは還暦、マスターはめでたく古希を迎える」

「生きてりゃな」

　マスターがあっさり返した。

　奥の席の男が続ける。

「この店に通いだしたころがこの街の全盛期だった。華やかで、賑やかで……夜が明けても人が絶えることはなかった」

　江坂は内心にんまりとした。

「そういえば、昔、福富町ではカジノが流行っていたそうですね」

「そうよ」男が声をはずませた。「わたしも嵌った。店のカネをくすねてさ……ギャンブラー気どりでルーレットをやっていた」

「いまもあるのですか」

「あるよ。もうやらないけど……この店の上も……」

「よさねえか」マスターが声を強めてさえぎった。「喋り過ぎだぜ。口は災いの元……雀荘に帰って客の相手をしな」

「そうだな」

　答え、男が腰をあげた。

「麻雀店を経営しているのですか」

「親の遺産さ。あんたも打つのかい」

男が麻雀牌を自摸(ツモ)る仕種をした。

「以前、会社の同僚と遊んでいました」

「そうかい。ひまなときに覗きなよ。表通りの紅中(ホンチュン)……うちはフリーの店だから、ひとりで来ても遊べるよ」

「覚えておきます」

男が去り、ほどなく二人連れの男が入ってきた。

スーツにネクタイ、二人とも鞄を提げている。会社の上司と部下か。年輩のほうがマスターに笑みを投げかけた。

「マスター、新入りを連れてきた。かわいがってよ」

「ホモじゃあるまいし」

マスターがぶっきらぼうに返した。

眼鏡の奥が鈍く光った。


店を出たところで携帯電話がふるえた。画面を見る。相棒だ。

「どうした」

《和木がマンションを出ました》照井が声を潜めている。《大岡川の橋を渡っています……左に、福富町のほうへむかうようです》
「ひとりか」
《はい》
「身なりと様子は」
《ジーンズに白っぽい丸首のサマーセーター。セカンドバッグを持っています。肩をゆすりながら……昼間や夕方とは雰囲気が違います》
「俺は福富町にいる。これから川沿いの道をそっちへむかう」
通話を切り、イヤフォンをはずした。

★　　★

中区弁天通の割烹店からＷＡＣの米田が出てきた。路上に立ち、ふりむく。遅れて、港南設計の羽島もあらわれた。エプロンを掛けた女もいる。

「では、わたしはこれで」

米田の声が届いた。

羽島のくちびるも動いたが、声は聞こえなかった。

優信調査事務所の動く前線基地、アルファードにいる。

二時間前、羽島を尾行する調査員から報告があった。

——羽島が弁天通の割烹店に入りました。五分ほど前、ＷＡＣの米田部長が入店するのも確認しました——

それを受けて木村と現場へむかった。おととい羽島と都市整備局の丸川が会食した店である。アルファードは割烹店の向かいの駐車場に入れた。

木村が窓のそとを見ながら、口をひらく。

「どうします」

「別行動なら、羽島の尾行は継続……俺は、米田を追う」

「攫うのですか」

「たぶん。おまえは車でゆっくりついて来い」

言い置き、ドアハンドルに手をかけた。

羽島がひとりで歩きだした。相生町方面だ。

見送っていた米田もエプロン姿の女から離れた。

すこし間を空け、二人の調査員が羽島を尾行する。

鶴谷は、米田の五メートル後方を歩いた。

アルファードが動きだしたのは気配でわかった。

四つ角を左折し、米田が海岸通りのほうへむかう。

路上の人影がすくなくなった。

足を速め、距離を詰める。

「米田さん」

米田が足を止め、ふりむいた。

目がまるくなった。口も半開きになる。

「話がある」

言って、米田の腕をとった。

米田は抗わなかった。気が動転しているのは顔を見ればわかる。


木村が助手席に移るや、アルファードが走りだした。

鶴谷は、テーブル越しに米田を見据えた。

「港南設計の羽島と、どんな話をした」

「わたしを……尾行していたのですか」

かすかに声がふるえた。

顔は強張っている。

質問は無視した。

「答えろ。何の用があって羽島を誘った」

弁天通の割烹店に米田と羽島がいるとの報告を受け、二人の携帯電話の通話履歴を調べた。きょうの午後三時過ぎ、米田が羽島に電話をかけていた。

「それは……お願いするために……居ても立ってもいられなかった」

「何のお願いだ」

「もちろん、内定取り消しの再考を」

「決定権は常務の三沢にあるんじゃないのか」

「それはそうですが……」

言葉を切り、米田がうなだれる。

「顔をあげろ。これまでに幾ら使った」

「えっ」

「羽島には、再考をうながすだけのものを贈与した……違うか」

「…………」

米田が口をもぐもぐさせた。が、声にならない。

言えないのだ。企業の致命的な疵をさらすようなものである。だから、ＷＡＣがよこした資料には投資した約八億円の明細が記されていなかった。

「カネの動き、専務の山西は承知か」

「おおむね」

蚊の鳴くような声で言った。

目がせわしなくゆれている。

「羽島に会うことも報告済みか」

「とんでもない」声が裏返る。「山西はあなたに託しています。しかし、こういう状況に陥った責任はわたしにもある。内部調査で社の機密情報の流出があきらかになった時点で、手を打つべきでした」

鶴谷は首をひねった。

幾つかの疑念が脳裏をよぎる。

煙草を喫いつけた。ゆっくりとふかしたあと、話しかける。

「羽島が情報漏洩の件を知ったのはいつだ」

「港南設計が内定取り消しを決定した当日だそうです。出社直後、三沢常務に呼ばれて、弊社の機密データを見せられたと」

「それを信じるのか」

米田が力なく首をふった。

「確認のしようがありません」

煙草で間を空け、質問を変える。

「羽島に俺のことを話したか」

「はい。あなたに依頼を請けていただいたあと、電話で話をしました」

「ケータイか、社内の固定電話か」

「デスクの電話です」

「何を話した」

「あなたが弊社の代理人になったことを伝えました。羽島さんからどういう人物かと訊ねられ、さしさわりのない程度に個人情報を教えました」

鶴谷は頷いた。

――お会いできるのをたのしみにしていると……羽島さんからの言伝です――

クラブ『皐月』の千紘の言葉が理解できた。

「クラブ皐月の千紘を知っているか」

「ええ……彼女が、何か」

「ん」

鶴谷は眉根を寄せた。

さぐるようなもの言いが癇（かん）にさわった。かまわず続ける。

「羽島と千紘はどういう仲だ」

「くわしくは……皐月には羽島さんに誘われたときにしか行かないので」

「いつごろから行きだした」

「弊社が港南設計にアプローチを始めてからです。先ほどの割烹店も皐月も、羽島さんを初めて接待したときに連れて行かれました」

「他社の接待には皐月を利用しないのか」

「はい。取引先の相手によって店を使い分けています。相手のプライベートのこともありますし、競合相手と鉢合わせするおそれもありますから」

「なるほど」

鶴谷はあっさり返した。

納得というより、感心した。勉強にもなる。

窓のそとに目をむけた。

首都高速湾岸線を走っているようだ。本牧を過ぎて、根岸あたりか。

左側には濃紺の闇がひろがっている。微妙に濃淡異なるあたりは水平線か。ぽつりぽつりと豆粒のような船燈がきらめいている。

「鶴谷さん」

言われ、視線を戻した。

「この件、山西に話されるのですか」

米田の眉が八の字を描いた。

「話せば、どうなる」

「先ほども申したとおり、山西はあなたに一任しています。愛社精神ゆえの行動だとしても、わたしは叱責されるでしょう」

ふかした煙草を消し、口をひらく。

「山西は三沢、あんたは羽島……役割を分担していたのか」

「はい。羽島さんは基本設計の責任者です。市の基本構想を踏まえて基本設計を完成させるには各分野の専門家の意見を聞く必要がある。だから、予め事業に参加する意思のある企業と接触し、極秘に内定を与えるのです」

「……………」

教えられるまでもない。以前も設計会社を相手にしたことがある。企業としての規模はちいさくても、設計会社にはゼネコンをも差配する力がある。

目で先をうながした。

「わたしは、羽島さんと議論、検討したことを逐一、山西に報告していました。羽島さんもおなじだと思います。それを踏まえ、山西と三沢常務が話し合い、合意に至ったものと理解しています」

「市の幹部職員にはどう接していた」

「弊社単独で動くわけには行きません。市は港南設計にＩＲ事業の基本設計を委託したのです。それで、わたしは羽島さんにお願いし、都市整備局の丸川局長を紹介していただきました。丸川局長と差しで面談するさいも、筋目を通すため、羽島さんにひと声かけていました」

「二〇一五年に発表した山下ふ頭開発計画は港湾局と都市整備局が担当した。港湾局の赤井には接触しなかったのか」

「それが微妙でして」米田が眉を曇らせた。「あの土地は港湾局が管理運営している。ですが、ＩＲ事業そのものは都市整備局の管轄です。基本構想は二つの局が主導したものですが、基本設計は都市整備局の担当になります」

「しかし、港湾局の意向は無視できないだろう」

「もちろんです。なので、弊社は港湾局へも根回しをしたと聞いております」

「誰が担当した」

「山西です。どういうアプローチだったのか、知る由もないけれど、山西は、三沢常務を介して赤井局長に接触したものと思われます」

「三沢と赤井は親しい関係にある……そういうことか」

「わたしは、そう判断しています」

慎重なもの言いになった。

微妙な話をしているとの意識があるのか。話を進めるに連れて、米田は落ち着きを取り戻してきた。顔色も良くなっている。

「都市整備局と港湾局の仲は……力関係はどうや」

「ともに市の重要部署です。横浜は港で繁栄してきた歴史がある。都市整備も港を意識して行なわれてきた。ですが、二つの局が手を取り合ってとは……」

米田が語尾を沈めた。

「利権だな」

「身も蓋もないことを」

米田が苦笑をうかべた。

「最後の質問や。三沢と羽島の仲を教えろ」

「鶴谷さん」声音が硬くなる。「何としても、内定復活をお願いします」

米田が深々と頭をさげた。

「まかせろ」

きっぱりと応じた。

結果は関係ない。完遂するために動いている。

米田が顔をあげた。目が潤んでいる。

「三沢常務と羽島さんは反りが合わないと聞いています。羽島さんは仕事ができる……社の内外からそう評価されている。ご本人も自信があるようです。だからこそ、自身の功績を認めてくれない三沢常務を快く思っていないそうです。常務は部下の功績を自分の功績にしてしまう……そんな風評も耳にしました」

「…………」

鶴谷は聞き流した。

よくある話である。どっちもどっち。語るに値しない。

米田が言葉をたした。

「表面上はどちらも上手くいっているように振る舞っています。今回の件でも、羽島さんは異を唱えたけれど、情報漏洩の事実を突きつけられ、内定取り消しもやむなしと判断したそうです」

「それをいつ聞いた」

「先ほどの割烹店で……力が及ばず、申し訳ないとも……」

米田がくちびるを噛んだ。

そちらも感慨はめばえなかった。

利権の渦の中に生きているからこそ、損得に感情が反応することはない。米田は内定を取り付けたい一念で汗をかき、カネをばら撒いたのだ。会社のため、己のため。羽島の欲望とどれほどの違いがあろうか。

「もうすぐ着きます」

助手席から木村の声がした。

米田がきょとんとし、窓に顔をむけた。

車がどこを走っているのか、いや、走っていることも失念していたようだ。

米田は横浜市磯子(いそご)区磯子台に住んでいる。海を見下ろす住宅地である。

翌朝、シャワーを浴びるとすぐに作戦本部のある部屋にむかった。
ソファで木村と江坂が向き合っていた。
立ちあがろうとする江坂を手で制し、空いているソファに腰をおろした。
江坂の顔を見るのは一年ぶりである。血を分けてもらったお礼に夕食に誘った。
そういうことがないかぎり、調査員と個人的に接することはない。木村であっても
おなじことだ。仕事に差し障る。ここ一番での決断が鈍る。己をきびしく律している
つもりでも、未だ己の弱点を克服できないでいる。
「コーヒーを頼む」
木村に言い、煙草を喫いつけた。
――ワークスの和木がネットカジノをやっていると思われる店に入りました――
昨夜、江坂から木村に連絡があった。
WACの米田を磯子の自宅前で解放した帰り道のことである。
――急行しましょう――
木村はそう言ったが、鶴谷は無視した。
ものには順番がある。原っぱの真ん中で相手と対峙することはない。情報を集め、
確証を得れば、相手を袋小路に追い詰められる。

木村には、翌朝に江坂を作戦本部に呼ぶよう指示したのだった。

二度三度と煙草をふかし、コーヒーを飲んでから江坂と目を合わせた。

「報告の続きを聞こう」

「はい」江坂がノートを見てから続ける。「和木が入ったのは、福富町にあるベイドリームというスナックです。その一時間ほど前、自分はスナックの真下にあるバー塒で聞き込みをしました。和木とおなじマンションに住むキャバクラ嬢から、和木が塒に出入りしているとの証言を得て、さぐってみました。塒はワンフロア一店舗のちいさな雑居ビルの一階にあり、二階がベイドリームです」

「塒で和木と鉢合わせをしたのか」

「いいえ。相棒から和木が外出したとの報せがあり、福富町で待ち伏せました」

「相棒の名前は」

「照井純也です」木村が言う。「三年間は契約社員として経験を積ませたあと、この四月に正社員として採用しました」

「俺の仕事は初めてか」

「そうです」

木村が即答した。

よけいなことを言わないのは部下を信頼している証だ。

コーヒーを飲み、視線を戻した。

「ベイドリームがネットカジノをやっているというのは事実か」

「うわさです」

江坂がこともなげに言い放った。

もの怖じしない気質は買っている。

「塒に居合わせた客が口を滑らせまして……マスターに咎められて口をつぐんだけれど、和木がベイドリームに入ったあと、その人物から話を聞けました」

「何者や」

「塒の近くの麻雀店の経営者です。親の跡を継いだそうで、塒のマスターとは四十年のつき合いだと……麻雀店の主によれば、ベイドリームがネットカジノをやっているという話は店の客から聞いたそうです。そのことを塒のマスターに話したところ、マスターは肯定も否定もしなかったと」

「ベイドリームの経営者の素性は知れたか」

江坂が首をふる。

「ベイドリームも昭和の時代に開店し、経営者は塒のマスターとも親しかったそうです。が、経営者は高齢の上に心臓疾患をかかえていたので、去年の十一月、居抜きで又貸ししたと……どういう契約にしたのか知らないが、毎月の実入りが魅力だったのだろうと麻雀店の主は言っていました」

鶴谷はソファにもたれ、煙草をふかした。

埒のマスターはベイドリームの経営者を慮っているのだろう。家族がいようといまいと、病気持ちの高齢者にとって収入があるのはありがたいものである。

江坂が報告を続ける。

「ベイドリームのある雑居ビルは築五十年が経っているそうです。敷地は十七坪。鉄筋四階建て、エレベーターはなし。三階と四階はリーマンショックのあと空き室となり、以降、借り手がないそうです。周辺の土地、建物と抱き合わせでないかぎり、建て替えも売却もむずかしいと思われます」

「又貸しの相手の素性はわからないのか」

「麻雀店の主は知らないそうです」江坂が水を飲む。「ネットカジノをやるのが目的で借りたのなら、まともな契約を交わしていないでしょう。契約書があるとしても、実名かどうか怪しいものです」

鶴谷は視線をずらした。

「木村、打つ手はあるか」

「店を見張り、出入りする客から話を聞くのが一番でしょう。が、賭博行為を認めるような真似はしないと思います。ほかは、店の関係者の身柄を押さえるか、警察を動かすか……どちらもリスクを負います」

鶴谷は頷いた。

木村の懸念はわかる。

ベイドリームが闇賭博をやっているのなら暴力団が絡んでいる。連中はしのぎの嗅覚が鋭い。店の経営にかかわっていなくとも、ショバ代を稼げる。賭博をやっているのなら暴力団の要求をことわれないし、ショバ代の額もおおきくなる。

警察は論外だ。和木が逮捕されたら元も子もなくなる。

江坂に話しかける。

「福富町はどこの島や」

「独占というわけではないけれど、内森一家が仕切っています。親分は三代目で、関東誠和会の幹部です」

「………」

鶴谷は息をついた。

木村が眉をひそめている。

「いまのところ、ベイドリームは警察の目を掻い潜っているようです」

言って、江坂がセカンドバッグから紙を取りだし、テーブルに置いた。

「これは、神奈川県警のマル暴担当および生活安全部が内偵中のカジノ賭場です。上の四つがネットカフェ、下の三つはマンションカジノだそうです」

鶴谷は紙を手にした。

文字を読むより先に、頭の中が動きだした。

「どこから入手した」

「神奈川県警本部、公安部署の警部です。自分が現職のときにある公安事案を共有したのが縁で、以来、年に一、二度会っていました」

「そいつは、カネを受け取ったか」

「あっさりと」江坂が目で笑う。「十万円を手渡しました」

「謝礼はケチるな。で、もう一度、動かせるか」

「ベイドリームの周辺を調べさせるのですね」

「違う。警部を同行させ、ベイドリームの持主から事情を聞け。同僚になりすませば、又貸しの経緯を喋るだろう。もちろん、相応の謝礼を渡せ」

木村が席を離れ、ほどなく引き返してきた。

白い封筒を二つ、江坂の前に置く。

「三十万円ずつ入っている」

江坂が封筒をセカンドバッグに収め、腰をあげる。

「さっそく、とりかかります」

「手応えがあれば、以降の協力も頼め」

「承知しました」

言って、江坂が背を見せた。

ドアが閉まるや、木村が口をひらく。

「つながりましたね」

勢い込むように言った。

「どうつながっているのか……これからよ」

鶴谷はあたらしい煙草をくわえ、火を点けた。

「食い物はあるか」

「コンビニのサンドイッチかカップ麺、おにぎりもあります」

常駐する調査員の食料だろう。

ルームサービスをとろうとは言わない。そういう点はわきまえている。

「サンドイッチを……コーヒーのお代りも」

木村が立ちあがった。

鶴谷はソファにもたれて煙草をふかした。

頭の中はまだ動いている。

昨夜、横浜市内に戻る車中、別の調査員から連絡が入った。

――HPIの仁村が宿泊先のホテルのラウンジで男と会っています――

所長のケン平井は夕刻に帰京したとも言い添えた。

メールで送ってきた写真で相手の素性は判明した。

内森一家の若頭、瀬戸公造。恐喝と傷害で二度の服役を経験している。八か月前に仮釈放された。刑期がおわるのは二か月後である。

木村がサンドイッチとおにぎりを運んできた。

鶴谷はハムレタスサンドを頬張った。コーヒーを飲んで話しかける。

「和木はベイドリームに何時までいた」

「午前二時過ぎに店を出ました。まっすぐ帰宅し、けさは八時半に出社。照井が監視を続けています」

「和木の口座は月曜にカネの出入りが集中している。週末に通っているのだろう」

「となれば、金曜のきょうも可能性はありますね」

「そのことを江坂に伝えろ」

「はい」

木村が携帯電話を耳にあてる。

鶴谷は玉子サンドも手にした。木村が話しおえるのを待って口をひらく。

「食ったら、でかける」

「どちらへ」

「港南設計よ。羽島に会う」

「アポはとったのですか」

「それでは羽島が身構える。楔（くさび）を刺せるか否か……この目と耳で確認したい」

「昨夜の、米田の証言ですね」

「ああ。港南設計の三沢と羽島、市の赤井と丸川……たのしみや」

にやりとし、玉子サンドを食べた。

不味くはない。が、ハムも玉子も個性がないように感じた。

部屋に戻って着替え、港南設計本社へむかった。

一階ロビーの受付の前に立った。

「いらっしゃいませ、鶴谷様」

女が笑顔で言った。

「こんにちは、中村さん」前回の訪問時にネームプレートの名前は覚えた。「企画推進部の羽島さんはおられますか」

「お約束ですか」

「いいえ。おられるなら、お取り次ぎをお願いしたい」

「お待ちください」

女が固定電話の受話器を持ちあげた。

鶴谷はすこし離れ、壁のほうに目をむけた。

名前を呼ばれ、視線を戻す。

「あいにく、羽島は立て込んでおります」

受話器を手にしたまま言った。

通話がつながっているということだ。

「待っても構いませんが」

頷き、女がくちびるを動かした。小声でのやりとりはすぐにおわった。

「よろしければ、三十分後、喫茶店でお会いしたいと申しております」

「承知しました」

女が受話器を戻し、ボールペンを持った。

渡されたメモ用紙には店名と略図が記してあった。


二十分と経たないうちに羽島があらわれた。

身長は百七十五センチほどか。細身だ。グレーのシャツにダークグレーのスーツ。濃紺のスリムタイを結んでいる。

脇目もふらず、鶴谷の席に近づいてきた。

「お待たせしました。羽島です」あかるく言い、正面に座した。「こんなに早くお会いできるとは思っていませんでした」

「その割には準備万端のようで」

鶴谷は何食わぬ顔で言った。

「先日、あなたが来社されたことは常務の三沢から聞きました。一応の予備知識は得ましたが、内心は戦々恐々……根が臆病なものでして」

もの言いはやわらかだ。涼しそうな目をしている。

「たのしみにしているとの言伝は受け取った」

にこりとし、羽島がウェートレスにロイヤルミルクティーを頼んだ。スマートフォンの電源を切ってから目を合わせる。

「わたしを監視されているようですね」

「当然や」

ぞんざいに返した。

標準語も丁寧語も使うつもりはない。観察するために会っているのだ。

羽島の表情は変わらなかった。

「きのう、弁天通の割烹店で、WACの米田とどんな話をした」

「意見交換です。思いもよらずこういう事態になってしまいましたが、米田さんに非はない。お世話になったし、勉強もさせていただいた。個人的には末永くおつき合いできるのを願っています」

「横浜に二つのカジノはむりやろ」

「…………」

羽島が目をしばたたき、すぐに頬を弛めた。

「言い回しが妙ですね」

「仕事柄、経験豊富のようやな」

「とんでもない。陳情や苦情の類は受けましたが、あなたのような方と面と向かうのは初めて……戦々恐々は、本音です」

ウェートレスがティーカップを運んできた。

羽島が口をつける。

カップをソーサーに戻すのを見て、話しかけた。

「どうして、俺と会うはめになると思った」

「考えたのです。あなたに関する資料を見ながら、わたしが捌き屋ならどういう手段を講じるか。あなたの交渉相手は三沢だが、交渉に至る過程が大事で、交渉を有利に進めるために何をするか……そういうことを勝手に想像していました」

なめらかな口調だった。

ここに来る道すがら、そんなことも考えていたのか。

からかいたくなる。

「勉強になるわ。けど、予備知識は不足しているようや」

「どういうことでしょう」

「俺は、誰が相手だろうと、交渉はせん」

「なるほど。つぎに三沢に会うときは、決断を迫るのですね」

「それも違う。俺の要求をのませる……ほかはない」

「………」

羽島があんぐりとした。ややあって、白い歯を覗かせた。

鶴谷は畳みかける。

「あんたの存在は、俺に有利になると思うか」

「なりません」きっぱりと言う。「わたしと米田さんは蜜月の関係でした。厳密に言えば、法も犯している。あなたがどこまで把握しているか……米田さんがあなたに喋ったとしても、わたしは、あなたに有利な駒とはならない」

「たいした自信やな」

「企業人なら、誰でもそう考える。あなたの依頼主のＷＡＣも企業。利権まみれの案件を世間にさらすわけには行かないので、闇の稼業人のあなたを頼った。その姿勢はこれからも変わらないでしょう」

「あんたの疵はＷＡＣの疵……理屈はそうでも、俺に理屈や道理は通用せん」

「お言葉ですが、それでは企業の信頼は得られない。情報によれば、あなたに依頼した企業は皆さん、あなたに絶大の信頼を置いているそうです」

「俺は節操がない。かつての依頼主を敵に回すこともある」

「………」

羽島が首をひねる。

どうとでも受けとれる表情だった。

「俺と、手を組むか」

「ご冗談でしょう」

「今回の決定、三沢の独断のようだが」

羽島が顔を寄せる。眼光が増した。

「私の顔が潰された……としても遺恨は持たない。わたしは港南設計に育てられた。その筋目は違えられない。企業としての立場もおなじ。わたしがあなたに与し、三沢があなたに屈すれば、わたしも進退を問われる」

あきらかにもの言いが変わった。

羽島は、自分の疵をさらしてでも、むだと釘を刺したかったようだ。

路肩に停まるアルファードに乗った。

木村がイヤフォンをはずした。

「なかなかのタマですね」

感心したように言った。

羽島との会話を盗聴していたのだ。

「煮ても焼いても食えん」

そっけなく返し、煙草を喫いつけた。

個人情報を入手しておきながら禁煙の店を指定したのは思惑があってのことか。

木村が麦茶を差しだした。

「羽島をどう料理しますか」

「天日干しにでもするか」

木村がきょとんとした。

「意味がわかりません」

「いずれ、わかる」煙草をふかした。「あたらしい情報は入ったか」

「はい」

木村がテーブルの紙を見た。

「港湾局の赤井、都市整備局の丸川ともめだった動きはありません」

港南設計の羽島と丸川が接触したあと、丸川も監視対象者に加えた。

「港南設計の三沢も、きのうは午後七時に退社し、そのまま帰宅。けさは八時に出社しました。以降の報告はありません。HPIの仁村ですが、きょうまでの宿泊予定を三日間延長しました。チェックアウト予定は来週火曜日です」

鶴谷は小首をかしげた。

企業も官庁も、繁華街の酒場も休業する土日に滞在する理由が気になる。東京と横浜は車で小一時間の距離にある。往復の手間を省く理由は何か。

煙草をふかしながら記憶をたぐった。

HPI東京事務所の平井所長と仁村は横浜入りした夜に三沢と会食した。翌日は昼間に市内を視察し、夜は横浜財界の連中と食事をしている。きのうは二人で市庁舎を訪ね、誰かと面談したと思われる。

昨夜のWACの米田とのやりとりも反芻した。

――あの土地は港湾局が管理運営している。ですが、IR事業そのものは都市整備局の管轄です。基本構想は二つの局が主導したものですが、基本設計は都市整備局の担当になります――

――しかし、港湾局の意向は無視できないだろう――

——……弊社は港湾局へも根回しをしたと聞いております——

——誰が担当した——

——山西です。どういうアプローチだったのか、知る由もないけれど、山西は、三沢常務を介して赤井局長に接触したものと思われます——

——三沢と赤井は親しい関係にある……そういうことか——

——わたしは、そう判断しています——

ＨＰＩは港南設計の三沢と市港湾局の赤井と接触している。

米田の証言を真に受ければ、そういう推論に達する。

「副市長の田所、港湾局の赤井、都市整備局の丸川、港南設計の三沢をふくめ、週末の監視を徹底させろ」

「承知しました」

木村がノートにボールペンを走らせる。

手が止まるのを見て、話しかける。

「関係者の身辺調査は進んでいるか」

「はい。いまのところ、有力な情報は得ていません」

「三沢と羽島の口座は、どうや」

「どちらも不審なカネの動きはありません」

「二人の親族、市の赤井と丸川の口座も調べろ」

ＨＰＩの口座はむりだろう。横浜のＩＲ事業参画のためにカネを動かしているとしても、東京事務所の口座は使わない。

――わたしと米田さんは蜜月の関係でした。厳密に言えば、法も犯している。あなたがどこまで把握しているか……――

先ほどの羽島の言葉がうかんだ。

ひらめきが声になる。

「皐月の千紘の口座も調べろ。それと、千紘の売上台帳を入手できるか」

「何とも……」

木村が表情を曇らせた。

むりな要求をしたのは承知している。

ホステスの売上台帳は水商売で最も重要な個人情報である。店側はそれを査定し、ホステスの待遇を決める。ホステスが店を移るさいは売上台帳の提示が必須で、店が他店からホステスを引き抜くときも売上台帳を参考にする。

藤沢菜衣によれば、ホステスの売上台帳には、客が来店した年月日、氏名、飲食代金の三つが記してあり、人数や飲食代金の明細は書いてないそうだ。台帳は店側が保管し、ホステス本人以外の者に見せることはないとも言い添えた。

木村が息を吐き、言葉をたした。

「手を尽くします。が、皐月を経由してカネを動かせば、飲食代金の半分以上が店の収入になるので、そういうむだをするとは思えません」

「カラ伝票ということもある。店と千紘が手を組んでいるかもしれん」

客が来店しないで伝票をおこすことをカラ伝票と称する。ホステスが売上を伸ばすための処置だが、のちのちトラブルにならないよう客の了解が必要となる。店と千紘が手を組んで売上以外のカネを動かしていれば二重帳簿の疑いがでてくる。

テーブルの携帯電話がふるえだした。

木村が〈スピーカー〉を押した。

「わたしだ」

《江坂です。県警の警部ですが、きょうは手が離せないそうです》

「嫌がっているのか」

《そういう気配は感じられませんでした。あすなら時間をつくると》

木村が視線をむけた。

「鶴谷や。あしたでいい。おまえは和木の監視に戻れ」

《承知しました》

通話が切れた。

木村に話しかける。

「ベイドリームの雑居ビルに防犯カメラはあるか」

「ありません。雑居ビルを捉える防犯カメラも見あたらなかったそうです」

「張り込みはできるか」

「人員のことならご心配なく。二名をあてます」

「くれぐれも用心しろ。ベイドリームがネットカジノをやっているのなら、地場のやくざが目を光らせているはずや」

言って目を閉じ、首をまわした。

神経が摩耗している。それが仕事とはいえ、喋るのは疲れる。

金曜の昼下がり、ひろい遊歩道は意外なほど人がすくなかった。緑の芝生や花壇を背にするベンチも空きがあり、寝そべっている男もいる。

人が多ければホテルに引き返すつもりだった。人の群れに身を置けば呼吸が乱れ、めまいがおきる。持病のパニック発作の症状だ。発疹がでることもある。そうなるのを予感するだけで気が滅入る。

精神疾患は完治することがないという。それなら、あぶない場所には近づかないことだ。持病との長いつき合いで、対処方法はわかっている。

足を止め、海にむかって両腕をひろげた。

空には雲がひろがっている。ひと雨来そうな気配である。が、ゆるやかに流れる海風は快い。右手に見える氷川丸も機嫌がよさそうだ。

ポケットのスマートフォンがふるえだした。

手に取り、画面を見て苦笑を洩らした。竹馬の友の白岩光義である。

ドローンで俺を観察しているのか。

胸でつぶやいた。

神経が摩耗しているとき、仕事での勝負処にさしかかったとき、白岩は、待ち構えていたかのように電話をかけてくる。

「何の用や」

《あほのひとつ覚えは止めんかい》破声が鼓膜に響く。《何してんねん》

「散歩よ」

《山下公園でめそめそしとるんか。それも止めろ。周りの人が迷惑や》

「うるさい」

《もっと健気な口を利けんのか。まあ、ええ。愚痴を聞いたる》

「そんなものはない」

つっけんどんに返し、海沿いの欄干に腰をかけた。

芝生が目に入った。先日よりも色が濃くなっていた。

「福富町の内森一家を知っているか」

つい、声になった。風景が変わったせいか。

「しゃしゃりでてきたんか」

白岩の声音も変わった。

いまさら口をつぐめない。つぐめば、白岩が飛んでくる。

鶴谷は、これまでの経緯を簡潔に教えた。

《内森一家は関東誠和会の中では名門よ。いまは三代目……歓楽街を仕切っているさかい、昔は羽振りがよかったそうな》

「いまは」

《わからん。調べてやる》

「頼む。けど、義理は嚙むな」

高笑いが聞こえた。

「何がおかしい」

《やっぱり、おまえはあほや。極道は義理を嚙み砕いて生きとる。男の肥しよ》

「そうですか」

あっさり返した。

いつの時代の話や。からかうのは止した。

「ところで、何で電話をよこした」

《おお、それよ。先代が風邪をこじらせ、体調を崩された》

「真っ先に言え」

鶴谷は声を強めた。

先代の花房勝正には世話になった。姐の愛子にもやさしくしてもらった。何より、顔に深手を負った白岩を実の我が子のように育ててくれた。極道になっても白岩は人の道を踏み外さなかった。おかげで、鶴谷の心の疵も癒やされた。

《すまん。たいしたことはなさそうやが、風邪は万病の元という。念のため、体力が回復したら東京へお連れしようと思う》

「築地か」

《ああ》

抗がん剤治療のため、一時期、花房夫妻は東京にマンションを借りて住み、築地の国立がん研究センター中央病院に通院していた。病状が安定して大阪に戻ったあとも年に数回上京している。

「そんなときに済まん。内森一家の件は忘れてくれ」

《しおらしいことを吐かすな。わいには百万の味方がおるが、おまえの友はわいひとり……放って置くわけにはいかん》

「…………」

鶴谷は肩をすぼめた。

味方と友を使い分けている。

「先代に何かあったらすぐに報せろ」

《縁起でもないことを……先代はわいが護る。おまえは稼業に励め》

通話が切れた。

鶴谷は息を吐き、天を仰いだ。

雲が層をかさね、どんよりしてきた。

それでも、空気は軽くなったように感じた。

藍染の暖簾をくぐり、小料理屋に入った。

甘辛い匂いに鼻孔がふくらむ。魚を煮付けているようだ。

左に八席のカウンター、そのむこうの調理場に二人の板前と割烹着を着た初老の女がいる。右側には四人掛けのテーブル席が三つある。

奥のテーブル席の女が満面に笑みをひろげた。

弁天通のクラブ『牡丹』の美都里である。

山下公園からの帰り道、美都里から電話がかかってきた。

――お忙しいときに、ごめんなさい。ちょっと気になって連絡しました――

そう前置きし、港南設計の三沢から電話があったと告げた。三沢は、おととい鶴谷が『牡丹』で遊んだことを知っており、あれこれ訊ねられたという。

くわしく事情を聞くために美都里を食事に誘ったのだった。

鶴谷は正面に座してテーブルを見た。

湯呑み茶碗と経木の品書き、壁際に陶器の灰皿がある。

「ここは家庭料理のお店で、たまにひとりで来ています」

美都里が言いおえる前に、割烹着の女がお茶を運んできた。

「おこしやす」

京都訛りが強い。

「女将さんは京都出身なの」美都里が言う。「横浜に住んで四十年にもなるのに京都弁しか使わないそうです」

「ええことや」

言って、鶴谷はお茶を飲んだ。

菜衣が淹れるほうじ茶とおなじ香りがする。

「金沢産か」

「ええ」女将が目を細める。「お客さんも関西ですか」

「下品な大阪人よ」

「あら、まあ。顔が上品やさかい、よろしいわ」

美都里が笑いを堪えている。

「料理はまかせる」美都里に言った。「冷酒を……銘柄もまかせる」

美都里が女将と相談しながら料理を決める。

女将が背をむけたあと、美都里に話しかけた。

「迷惑をかけたな」

「とんでもないです。わたしのほうこそ、よけいなことまで喋ったんじゃないかと心配になり、電話しました」

「三沢に何を聞かれた」

「おととい、鶴谷という人が牡丹に行ったそうだが、知り合いなのかと……三沢さんは、わたしが係だったのを知っていました」

「三沢は店の客だと言ったな」

「そうです。伝票上はママが担当になっています」

「おまえは、どう答えた」

「正直に話しました。銀座で働いていた店のお客様で、その店のママが、わたしが牡丹で働いているのを教えてくださったと」

女将が酒とぐい呑み、角皿を運んできた。美都里の前にビアグラスを置く。

角皿には白身魚の薄造り、ウニが添えてある。旬のコチにしては身幅がひろい。

「アコウか」

鶴谷のひと言に、女将が目をまるくした。

「よくご存知で。岡山産ですわ」

アコウも初夏が旬である。ハタ科の魚で、メバルの仲間のアコウダイとは異なる。関西や瀬戸内の海に生息し、漁獲量がすくないため関東にはあまり出回らない。

「お酒は紀州の黒牛にしました」

「舌がよろこぶ」

女将が笑みを残して去った。

手を動かそうとする美都里を制し、黒牛の大吟醸を手酌でやる。

さわやかな香りが咽の奥までひろがった。

刺身をつまみ、ぐい吞みを空けた。小瓶を傾け、口をひらく。

「三沢はどんな感じだった」

「いつもと変わらなかったと思います」美都里が眉をひそめた。「鶴谷さんは、三沢さんと揉めているのですか」

「菜衣から俺の稼業を聞いたのか」

「いいえ。でも、何だか悪い予感がして……」

美都里が語尾を沈めた。

「疲れるぞ」やさしく言った。「仕事にトラブルは付きもの……気にするな」

「わかりました」

笑顔をつくったが、ぎこちない。

「おまえの仕事に差し障りがでたら、遠慮なく話してくれ」

「わたしは平気です」

気丈に言い、美都里がビールを飲んだ。

食欲をそそる匂いが近づいてきた。

「鳴門産のタチウオです」

女将が備前焼の丸皿をテーブルに載せた。

厚みのあるタチウオが飴色に輝いている。

「これ、大好きなんです」

美都里が声をはずませた。

「好きなだけ食べろ」

ぐい呑みをあおり、煙草を喫いつけた。

食事の邪魔はしない。生臭い話は料理に失礼である。

鱧(はも)の天ぷらと水茄子の田楽もならんだ。

どちらも酒が進む。

美都里が箸を休め、顔をあげた。何かを思いだしたような表情をしている。

「昨日お話ししたＨＰＩの仁村様を憶えていますか」

「ああ」

「きょう、お店に来るそうです。鶴谷さんと話したあと、電話がありました」

「誰と。三沢か」

「それはないと思います。三沢さんとご一緒のときは連絡してきません」

「美都里を口説きに来るわけか」

「…………」

美都里が首をかしげた。表情には余裕がある。

鶴谷は腕の時計を見た。まもなく午後八時になる。

「時間は大丈夫か」

「お店を休んでもかまいません」

「仁村に殺される」

美都里が吹きだしそうになった。

煙草をふかし、話しかける。

「最近、港湾局の赤井は来ないのか」

「ゴールデンウィーク明けに三沢さんと来られて以降、お顔を見ていません」

「三沢と赤井が一緒のとき、仁村も同席していたことはあるか」

　美都里が目をぱちくりさせた。

「ごめんなさい。ゴールデンウィーク明けのとき、その三名でした」

「謝るな」笑って言う。「ここでの話、三沢に教えるなよ」

「はい」

　美都里の瞳がきらきら輝きだした。

　悪戯に成功したような、秘密を共有したような、幼子の顔になった。

★　　★

　目をつむり、左手で首筋を揉む。

　身を隠す場所がない張り込みは神経が疲れる。島内の見回りなのか、いかにもそれとわかる面相の野郎たちがうろちょろしているのだからなおさらだ。

　金曜の夜だというのが救いである。福富町の路上には人が絶えない。

　ワークスの和木が雑居ビルの階段をあがって三時間が過ぎた。その間に、四人の男がおなじ階段をあがり、ひとりが降りてきた。『ベイドリーム』を見張っていた同僚の調査員が出てきた男のあとを尾けた。四人を撮った写真は作戦本部に送った。

照井が近づいてくる。動きが鈍く、ものぐさそうに見える。

そのほうがめだたなくていい。照井が意識しているのなら演技賞ものだ。

江坂は小声で話しかけた。

「どこで食った」

「コンビニでカップ麺と肉まんを……アイスコーヒーも飲みましたよ」

「それで徹夜に耐えられるのか」

「たぶん……江坂さんはゆっくり食ってきてください」

「そうさせてもらう」

あっさり返した。

和木のスマートフォンの位置情報は生きている。おかげで気持に余裕がある。

照井を残し、福富町西通へむかった。

テナントビルの階段をあがり、二階にある麻雀店の扉を開けた。

まもなく日付が変わろうとしているのに、八卓のうちの六卓が稼働していた。金曜の夜は稼ぎ時。シャッターを降ろして深夜営業をする気か。

「また来たの」

主がひと声放ち、近寄ってきた。

「遊ぶのかい」

「麻雀はどうも……ちょっと頼みたいことがあって」

「何だい」

江坂は主の腕をとり、通路に出た。

「紹介してくれませんか」小声で言う。「ベイドリームを……どうも博奕好きの虫が騒ぎだしたようで」

「むりだよ。俺は、いまの経営者と面識がないからね」

「店にベイドリームで遊ぶ客がいるのでしょう」

主が顔の前で手をふった。

「それこそ、絶対にむり」

「どうして」

「ベイドリームは取立てがきついそうだ」

「借金があるってことですか」

「そうなんだろう。幾らツケが残っているか聞かなかったが、昼間に会社まで来て、催促されたと怒っていた」

「これに」

江坂は右の人差し指で頬をさすった。

「滅多なことを……」

主が眉をひそめ、ちらっと扉を見た。

やくざが遊んでいるのか。

それなら早々に引きあげたほうがよさそうだ。主は口が軽い。虎穴に入ろうと思ったが、虎子ではなく蛇があらわれたら面倒である。


熱いシャワーを浴びてから客室を出た。

二時間あまり眠った。

午前三時に照井をホテルに帰らせ、ひとりで張り込みを続けた。別の場所で張り込む同僚らは『ベイドリーム』から出てきた連中を尾行していた。警察データに載っていないかぎり、写真だけでは素性がわからない。

途中、地回りと思しき二人連れのやくざに声をかけられた。

――ここで何をしている――

――浮気の調査です――

さりげなく身分証を見せた。

あれこれ取り繕えば墓穴を掘る。張り込みが継続できなくなる。

――探偵はカネになるのか――

――日当一万円です――

――そうですか。ご苦労さん――

嘲るように言い、やくざらが離れた。

和木が路上にあらわれたときは空が白んでいた。

中区宮川町のマンションに入るのを見届けてからホテルに帰った。牛丼屋に立ち寄り、部屋に入ったのは午前七時前。相棒の照井は掛け布団を蹴飛ばし、高鼾（たかいびき）をかいていた。風呂に入るのも億劫で、着替えを済ませるや、ベッドに倒れ込んだ。

めざめたとき照井はいなかった。

――和木はマンションに帰った。起きたら直行しろ――

テーブルに置いたメモ書きはそのままになっていた。

一階ロビーを横切り、ティーラウンジに入った。

神奈川県警察本部の東口はすでに来ていた。

目で挨拶して座るなり、声をかけられる。

「タフな仕事のようだな。目の下に隈ができている」

「問題ないです。爆睡しました」

笑って返し、ウェートレスにコーヒーを注文する。

東口が口をひらく。

「それとなくさぐりを入れたが、マル暴担も生活安全部もベイドリームという店のことは把握していないようだ。ネットカジノをやっているというのは事実か」

「確証はないです」

「で、前の経営者から話を聞きたいのだな」

「ええ。身元はわかりましたか」

頷き、東口がメモ帳を見た。

「井原和夫、七十八歳。昭和四十二年にベイドリームをオープンさせた。経営は順調だったそうだ。が、家族には恵まれず、二度離婚している。二人目の妻との間に子が生まれたが、元妻が親権を持った。元妻は八年前に病死し、ことし四十歳になる息子は東京でサラリーマンをしている。家庭持ちだ」

「心臓に持病があると聞きました」

「不整脈か。それよりも、肝臓が悪いそうだ。医師の診断はアルコール性肝硬変……

長年の深酒が祟ったんだな」

　ウェートレスがコーヒーを運んできた。

　ひと口飲んで、視線を戻した。

「井原は、どこに住んでいるのですか」

「鶴見区生麦に敷地三十四坪の自宅がある。が、いまは病院暮らしだ。介護ヘルパーが付き添っていると聞いた」

「息子は面倒を見ていないのですか」

「さあ。そこまではわからん」東口が顔を寄せた。「病院に行ってみるか」

「そうします」

「俺はつき合えん」

　にべもなく言い、東口がボールペンを持った。

　手渡されたメモ用紙には氏名と、病院名、病室の番号が記してあった。

「内森一家のほうだが」東口が言う。「三代目の親分は高齢で病気がちらしい。組の実権は若頭の瀬戸公造が握っている。マル暴担によれば、瀬戸は三度の飯よりも、女よりも、カネが好きらしく、カネのにおいがすれば何でも首を突っ込むそうだ」

「そいつが福富町を仕切っているのですか」

「地場は組長直轄だが、いまは瀬戸が幅を利かせていると聞いた」

「お手数をかけました」

セカンドバッグから祝儀袋を取りだした。五万円が入っている。

中身を確認せず、東口がジャケットの内ポケットに収める。

「俺は用済みか」

「成り行き次第で、この先もお世話になるかもしれません」

「依頼主は太っ腹だと言ったよな」

「ええ。約束は守ります」

東口がにやりとした。

あなたはカネも女も好きなようですね。

うかんだ言葉は胸に留めた。

嫌いなやつのほうがどうかしている。


ナースステーションで看護師の許可をもらい、車椅子を押した。

スナック『ベイドリーム』元店主の井原は足腰が弱っているという。

病院の裏庭に出た。

昼前の一刻、右を見ても左を見ても老人ばかりだ。杖をつく人も、介護人らしき者に支えられて歩く人もいた。まるで老人ホームのようである。

桜の木の下まで行き、木陰に車椅子を停める。

ベンチの端に腰かけ、話しかけた。

「ここで大丈夫ですか」

井原が何度も頷く。

まともな会話ができることは病室で確認した。看護師からは軽度の認知症を患っていると聞いたが、そういうふうには見えなかった。

「井原さん、ベイドリームのことでお訊ねしたいことがあります」

病室でもおなじことを言った。

井原がまた頷く。今度は細い目が輝いたように感じた。

「ベイドリームを居抜きで貸されているそうですね」

「くたばるまでやりたかった」悔しそうに言う。「でも、身体がいうことを聞かなくなってさ。又貸しがどうかしたのかい」

ゆっくりとしたもの言いだが、はっきり聞きとれる。

「いつ、貸されたのですか」

「去年の十一月だよ」

「どなたに」

「名前、何だったかな」首が傾く。「うちの客に紹介されたんだ。体調を崩してしばらく店を閉めていたときだった。家まで訪ねてきて……いい女だった」

「女の人を紹介されたのですか」

「そう。あれは水商売のプロだな。雰囲気でわかる」

「その人と契約されたのですね」

「条件がよかったからね。俺も身体に自信がなかったし……」

「差し支えなければ、条件を教えてくれませんか」

「家賃プラス、毎月二十万円……俺の年金より高い。身体が動かなくなって賃貸契約を解約すれば実入りはゼロ……誰だってその気になるさ」

「そうですよね」そつなく相槌を打つ。「契約書はつくったのですか」

「家にあるよ」

「見せていただけませんか」

「いいけど、退院するまではむりだね」

江坂は視線をずらした。

いつになることか。ほかの手を考えるしかない。

「振込ですか」

「ん」

「二十万円ですよ」

「そう。月末に欠かさず振り込んでくれる。律儀な人だ」

「あなたの銀行の口座に」

「そりゃそうだよ。おかしなことを訊くね」

「すみません」笑顔をつくった。「ところで、どんなお店なんですか」

「うちの店かい」

「ええ」

「当時はちょっとめずらしい、弓形のカウンターでさ」自慢そうに言う。「八人が座れるんだ。後ろのベンチシートは四、五人……あれはいつだったか、ボトル棚の中央部分を空け、カラオケの画面を置いた……そしたら、客の皆が歌いだしてね」

声が元気になった。

井原が顎をあげ、懐かしそうな目で遠くを見る。

「こんなところにいたの」

甲高い声がした。

江坂は視線をふった。

小太りの中年の女が近づいて来て、車椅子を点検した。

「水も持たないで……だめでしょう」

井原が首をすくめた。

江坂は女に声をかけた。

「あなたは」

「介護人よ。あなたこそ誰なの」

怒ったように言った。

立ちあがり、名刺を差しだした。

「江坂と申します。井原さんにお訊ねしたいことがあって参りました」

「それはいいけどさ……わたしにひと声かけてくださいな。もうまる三年、おじいちゃんのお世話をしているのよ」

「配慮がたりずにすみませんでした」

言って、セカンドバッグのファスナーを開け、五万円入りの祝儀袋を手にした。

「これは謝礼です。お二人で美味しいものでも食べてください」

女が手にとり、中を見る。

たちまち目がまるくなった。

「こんなに」井原に話しかける。「おじいちゃん、五万円もいただいた」

井原の顔が皺だらけになった。

江坂は勢いづいた。この機を逃すわけにはいかない。

「井原さん、先ほどの契約書の話、この方にお願いできませんか」

「…………」

井原の表情が元に戻った。

女が口をひらく。

「何の話よ」

「井原さんが家に保管している書類を見せていただく約束をしたのですが、退院したときにと言われ、こまっていたのです」

言いながら別の祝儀袋を手にし、井原の手に握らせた。

「これは、見せていただくお礼です。十万円が入っています」

「わたし、いいわよ」女が声をはずませた。「家まで行ってあげる」

井原がこくりと頷く。

江坂は内心にんまりした。

この調子なら、銀行の通帳も見せてもらえそうだ。

路肩に停まる車の助手席に乗った。

運転席の照井が顔をむける。

「どちらへ」

「伊豆の伊東温泉……望洋荘という旅館がある。ナビに入力しろ」

照井がスマートフォンを操作し、車のナビゲーターに入力する。

車を動かしてから口をひらいた。

「人使いが荒いですね」

「愚痴をこぼすな。三週間たらずで百万円以上の報酬手当をもらえるんだ」

「あてがはずれることもある」

「そのときは潔く諦めるさ。もっとも、俺は、鶴谷さんが仕事でしくじるとは微塵も思っていないが」

「信頼しているのですか」

「鶴谷さんはカネの生(な)る木……信頼しないでどうする」

「…………」

照井がぽかんとした。

「温泉にも浸かれる。結構な仕事じゃないか」

「家で寝たいです」

「まったく。どうせ仕事をやるのなら、たのしくやるほうがいいだろう」

「自分は、この仕事、嫌いじゃないです。愚痴は聞き流してください」

「そうだな」

あっさり返した。

照井の愚痴には感情がこもらない。口癖のようなものである。どんな過酷な任務でも照井はまじめに取り組んできた。

江坂は視線をおとし、タブレットの画面にふれた。

木村から手渡されたものだ。

先刻までホテルの作戦本部にいた。

車椅子を押して病室に戻ったあと、介護人の女と井原の自宅へむかった。女は自宅での介護もしており、家の中も熟知していた。契約書と銀行通帳を近くのコンビニエンスストアでコピーした。どちらも井原の許可は得ていた。

蕎麦屋で女に昼食を馳走してから病院まで送り、ホテルへむかったのだった。

——よくやった——

労いの言葉をかけ、木村はひとりで部屋を出た。鶴谷に報告したのは想像するまでもなかった。五分ほどで戻ってきた。

——これから、照井と伊豆の伊東へむかってくれ。監視対象者は、HPIの仁村と都市整備局の丸川……二人はきょう伊東の望洋荘に泊まり、あすは伊豆高原のゴルフ場でプレイをする予定だ。同行者のチェックも怠るな——

木村がタブレットをよこした。

監視対象者の個人情報と関連するデータが入力してあるという。

仁村と丸川を監視する理由は教えられなかった。毎度のことである。

望洋荘は伊東の商店街のはずれ、高台にあった。

時刻は午後五時になるところだ。予想よりも早く着いた。これなら旅館の晩飯にありつける。予約は入れたと聞いている。

照井が駐車場に車を入れた。

助手席のシートベルトをはずし、ドアハンドルに手をかけた。そこで、動きが止まった。目が点になっている。

五メートルほど離れた駐車エリアに停まるレクサスから三人の男が出てきた。ひとりの男は見覚えがある。目を凝らした。間違いない。きょうの未明、福富町の路上で声をかけてきたやくざだ。

「どうしました」

照井が怪訝そうな顔をした。

「出るな」

言って、タブレットを操作した。

もうひとりの男の顔は記憶にある。

「やっぱり」

声が洩れた。

ずんぐりとした男は内森一家の若頭、瀬戸公造である。

タブレットの画面を見つめ、江坂は首をひねった。

——同行者のチェックも怠るな——

鶴谷と木村は、瀬戸が同行すると予知していたのか。あるいは、情報を得ていたのか。そうでなければ、瀬戸に関するデータを入力するはずもない。

イヤフォンを耳に挿した。

《はい、木村》

「江坂です。望洋荘に着きました。駐車場に入ったところで、内森一家の瀬戸と遭遇しました。レクサスから出てきて、旅館に入りました。同行者は二名。うちひとりはきょうの未明、福富町で話しかけられた男です」

監視中の出来事は細大洩らさず報告している。

《任務は継続。用心しろ》

想定内の言葉が返ってきた。

代わりの調査員を差し向けるのには時間を要する。江坂はそれを要求するつもりはなかった。木村の指示は望むところである。

通話を切り、後部座席に手を伸ばす。ボストンバッグからキャップとサングラスを取りだした。付け髭も用意してある。

★　　★

木村が携帯電話をテーブルに置いた。

「江坂からでした。伊東の望洋荘に内森一家の瀬戸があらわれたそうです」

「HPIの仁村と都市整備局の丸川の姿は確認したか」

「いいえ。望洋荘に着いたところで瀬戸と鉢合わせしたようです」

「港南設計の三沢はどこにいる」

「自宅です。副市長の田所もケータイの位置情報は家で停止しています」

頷き、鶴谷はソファにもたれた。ついさっき作戦本部に入った。

煙草を喫いつけ、『牡丹』の美都里とのやりとりを反芻した。美都里が電話をよこしたのはけさの九時前だった。

《おはようございます。連絡が遅くなって、ごめんなさい》
美都里が申し訳なさそうな声で言った。
そんなことに一々反応はしない。
「仁村は店に来たのか」
《はい。十時過ぎに、二人で……丸川という男の方です。いただいた名刺には横浜市都市整備局の局長とあります》
「どんな様子だった」

《仁村さんはいつもどおり……座持ちがいい人なんです。丸川さんはたのしそうでした。となりに座った子を気に入ったようで……仁村さんが気を利かせたのか、その子を連れてカラオケに行こうと誘われました》
「それを受けて、帰りが遅くなったのか」
《そうです。スナックで午前三時まで遊んでいました》
「俺に気を遣ってことわれなかったのだな」
《とんでもない。仁村さんはおカネを使ってくださるお客様です》
声に力みを感じた。
無視し、話を先に進める。
「丸川は口説いていたのか」
《ええ。あした、一緒に伊東温泉に行こうって……熱心でしたよ》
「丸川は伊東に行くのか」
《そのようです。伊東温泉に泊まって、翌日は伊豆でゴルフをすると……仁村さんも行かれるそうです》
「丸川が女を誘ったとき、仁村はどうしていた」
《一緒になって口説いていました》

「美都里を、か」
くすっと笑う声がした。
《わたしではありません。お店の子です。結局、諦めましたが》
「伊東には二人で行くのか」
《わかりません。ほかの方の名前は聞きませんでした》
「宿泊先は聞いたか」
《丸川さんがボウヨウソウだと……字はわかりません》
礼を言い、通話を切った。

木村がコーヒーを淹れてから視線を合わせた。

「釈然としません」

「何が」

「港南設計の三沢と港湾局の赤井、羽島は都市整備局の丸川とつながっている。HPIの仁村が三沢にすり寄っているのなら、どうして丸川を接待するのですか」

「盤石にしたいのだろう。カジノをふくむIR事業の計画案はこれから市議会に提出され、審議が行なわれる。市議会が紛糾すれば国への申請も覚束ない」

「三沢と仁村、赤井の三人の結束は固い……そういうことですか」

「すくなくとも、仁村には自信がある。でなければ、丸川が牡丹の女を誘ったとき、仁村は丸川をたしなめたはずだ。情報が洩れるのをおそれて」

「伊東行きは三沢も承知ということですか」

「わからん」

そっけなく返した。

これ以上の推論は好まない。

だが、木村は質問を止めなかった。

「内森一家の瀬戸も仁村に誘われたのでしょうか」

「おそらく。だとすれば、飴と鞭よ」

「………」

木村が目を見開いた。

鶴谷はコーヒーを飲み、煙草をふかした。

神経が昂ぶりつつある。内定取り消しの背景は見えてきた。

しかし、幾つかの疑念を解くほどの確信はない。

「これは、江坂が運んできた契約書と銀行通帳のコピーです」

言って、木村が二枚の紙をテーブルにならべた。

　ちらっと見たあと、目で先をうながした。

「契約書に署名、捺印した女は実在します。梅野雅世、四十一歳。福富町でラウンジを経営しています。店内は未確認ですが、ホステスが七、八人いて、ミニクラブだという証言もあります。雅世は毎日、ラウンジに顔をだし、営業中に店から離れることは滅多にないそうです」

「従業員や客はベイドリームのことを知っているのか」

「現時点で、ベイドリームを口にした者はいません」

「ラウンジにやくざは出入りしているか」

「そういう証言も得ていません。雅世の身辺は調査中です」

　煙草で間を空ける。

「井原の口座は、どうや」

「毎月末に雅世の口座から三十三万円が振り込まれ、毎月二十六日には井原の口座から家賃等として十三万円が引き落とされています」

「井原とビルの持主との契約期限は」

「二年ごとの更新で、いまの契約はことしの十月末で切れます。ちなみに、井原と雅世の契約は一年間、ことし十月末までとなっています」

鶴谷は頷いた。

雅世は契約の更新を望まないだろう。

カジノにかぎらず、裏賭博は半年から一年で賭場を変える。警察の摘発から逃れるためだ。内偵捜査の情報を入手すれば早々に賭場を見切る。

「これは」木村が別の紙を差しだした。「井原が話した店内の略図です」

下手な図だ。ひと目見て唸った。

「これなら改装の必要はないな」

「同感です。カラオケの画面をおおきくして、バカラ卓のリアルな映像を映し、客の前にタブレットを置けば、ネットカジノができます」

そのとおりである。

人の欲も、悪知恵も尽きることはない。

「これを見てください」

木村が紙をよこした。

銀行口座の入出金明細表である。都市整備局の丸川のものだ。五箇所に赤いラインが引いてある。ことし一月から毎月一回、百万円が振り込まれている。

「振込人は実在します。門田希実、二十八歳。現在は東京都町田市の実家で暮らしています。昨年末までは横浜に住み、皐月でアルバイトをしていました」

鶴谷は目をしばたたいた。

驚きと疑念が頭の中で交錯した。総額五百万円が賄賂に属するものであれば何とも間が抜けている。が、アルバイトのホステスがどう絡んでいるのか。

木村が立ちあがる。

「つぎはパソコンを見てください」

言われ、調査員らがいるほうへ移った。

木村がパソコンのマウスにふれ、画面を指さした。

「これは、中区本郷町にある三友銀行のATMの防犯カメラの映像です。日時は、五月八日の午前十一時三十二分」声を切り、丸川の入出金明細書を手にする。「同時刻、丸川の口座に百万円が振り込まれています」

鶴谷は、画面に映る女を見つめた。斜め後方から撮られている。

「この女が門田か」

「違います。映っているのは皐月の千紘です。ATMのほかの防犯カメラが千紘を正面から捉えています。それはあとにして、画面を」

木村が映像を拡大した。

「千紘は、手に二枚のキャッシュカードを持っているでしょう。どちらもデザインはおなじ……通帳も二通持っています」

「………」

鶴谷は無言でソファに戻った。

遅れて、木村も座る。

「五回の振込のうち三回はおなじATMを利用しています。千紘は中区本郷町のマンションに住んでおり、ATMは徒歩三分の距離にあります」

「千紘の口座は調べたか」

「はい。千紘は三友銀行と新港信用金庫に口座を持っています。信用金庫のほうは皐月と法人からの振込ばかり……仕事用に使っていると思われます。不定期に、まとまったカネが三友銀行の口座に移され、ATMで現金を引きだしている。三友銀行のほうは家賃や光熱費、クレジットカードの決済に使われています」

「三友銀行に門田希実の口座があるのは確認したか」

「しました。が、入出金明細書を入手できるのは週明けです」

鶴谷は眉をひそめた。

それまで待つ気にはなれない。

「門田が実家にいるのは確認済みか」

「視認はしておりません。が、きょうの午後から東京にいる調査員二名を町田市へむかわせ、聞き込みをやらせています。近隣住民によれば、門田は家にこもっているらしく、そとで顔を合わせることは滅多にないそうです」

「実家には誰がいる」

「両親です。父親は公立中学の教師、母親はスーパーでパートの仕事を……三歳違いの妹は会社員と結婚し、世田谷で暮らしています」

「門田の所在を確認しろ」

命じ、腕の時計を見た。

木村が電話で指示するのを待って声をかける。

「横浜には何人が常駐している」

「伊東の四人をふくめ、十六名です」

都市整備局の丸川を監視する二人も伊東へむかった。

「中華街に予約を入れろ」

木村が目を白黒させた。

「こんやは、横浜にいる全員にオフをやる」

「しかし、それではここが機能しません」

「俺とおまえがいる。いいから、予約しろ」

「白岩さんと行った店ですか」

「十二人が入れる個室がとれるならどこでも構わん」

木村がタブレットにふれた。

ほどなく予約が完了した。

鶴谷は、封筒をテーブルに置いた。百万円が入っている。

「使い切れ。ただし、関係者に動きがあれば招集をかける。酒はほどほどに……食事のあと何をしようと勝手だが、ケータイはオンにしておくよう指示しろ」

「ありがとうございます」

木村が深々と頭をさげた。


翌朝、木村と共に町田市へむかった。

アルファードを住宅街のはずれにある児童公園のそばの路肩に停めさせる。

「出てくればいいのですが」

木村が不安そうに言った。

門田希実は午前中に家の近くの児童公園で見かけるという複数の証言を得た。ただし、毎日見かけることはないそうだ。

鶴谷はウィンドーを開け、そとに目をやった。

児童公園には五、六人の幼児と母親と思しき三人の女がいた。砂場で遊ぶ子もいれば、地面を駆け回る子もいる。三人の女は子を見守ることなく喋っている。

キャッキャッとはしゃぐ声が神経にふれた。

俺なら近寄らない。

胸でつぶやき、ウィンドーを閉じた。鼓膜に幼児の喚声が残った。

ゆっくり呼吸をし、煙草を喫いつける。ふかし、木村を見た。

まだ表情が曇っている。

希実への不安とは別のようにも思う。木村は鶴谷の持病を知っている。そのせいもあってか、木村は希実の病状に関する話をしない。

横浜にいたころ、希実は心療クリニックに通い、カウンセリングを受けていた。病名は適応障害。アパレル会社に勤めていたときに発症したようだ。

適応障害は精神疾患の中では症状が軽く、環境を変えることにより短期間で完治することもあるといわれているが、長引けば鬱に発展するおそれもある。通院を始めて三か月後に退職、その翌月からクラブ『皐月』で働きだした。『皐月』には八か月ほど在籍し、その間も月に一度、心療クリニックに通っていた。

住民基本台帳を元に関係機関にアクセスすれば職歴、犯歴、病歴、渡航歴から資産状況まで、国民の個人情報は何でもわかる時代になった。

希実は三か月前から町田市内の個人病院に通っている。

木村が耳のイヤフォンにふれた。

「了解」

声を発し、目を合わせる。

「希実が家を出ました。ゆっくり歩き、こちらへむかっているようです」

「身なりは」

「サンダルにジーンズ、ベージュのパーカー、手ぶらです」

「そとで待つ。行先が変わったら教えろ」

言い置き、路上に立った。

児童公園はさらにうるさくなっていた。

公園の光景を目のあたりにすれば、希実は逃げるように立ち去るだろう。

その推測は確信に近い。

鶴谷は路地角に移動した。眼の前に児童公園の出入口がある。

ほどなく女がやってきた。うつむき加減に歩いている。

近くまで来て足を止め、顔をあげた。目がまるくなっている。幼児らの声を耳にして公園内の様子を悟ったようだ。

「門田さん」

気さくに声をかけ、希実に歩み寄った。

希実は動かない。動けないのだ。動揺すれば身体の自由が利かなくなる。

「門田希実さんですね」

笑みをうかべて言い、名刺を差しだした。

肩書のない名刺のほかに、優信調査事務所の主任調査員の名刺もある。

「東京の調査会社の者です。横浜のクラブ皐月のことでお話を伺いたいのですが」

希実が眉をひそめた。瞳がゆれている。

「面倒な話ではありません。あなたをこまらせることもない。じつは、皐月の千紘さんがあなたと親しくしていたと聞いて、訪ねてきました」

「千紘ママ……」

「ええ。親しくされていたのでしょう」

希実がちいさく頷いた。

「どこか、静かに話せるところを知りませんか」

「すこし先にもっとちいさな公園が……子どもの遊び場がないので静かかと」

「そこへ行きましょう」

努めてあかるく言った。

希実が歩きだした。

鶴谷は肩をならべる。

「助かりました」

「えっ」

「甲高い声が苦手で、人が集まっている場所もだめなんです」

「…………」

希実が動きを止め、鶴谷を見つめた。

次第に、希実の顔がほころんでゆく。

精神を病む者の目を見れば、そのときの精神状態がわかるようになった。

希実の目は濁りが消え、瞳がゆれなくなっている。

背もたれのないベンチに希実を座らせ、そばの草の上に胡座(あぐら)をかいた。

希実がきょとんとする。

「ならんで座れば緊張する。顔を見なければうそをつくかもしれない」

目元を弛め、希実がベンチを離れた。草むらに座り、両腕で膝を抱く。

「千紘ママがどうかしたのですか」

「正直に話そう。彼女にはよくないうわさがある。横浜市の公共事業の不正に関与しているおそれがある」

「ほんとうですか」

「疑惑の段階だが、俺は、ある企業に依頼され、事実関係を調べている」

「うわさが事実なら、千紘ママはどうなるのですか」

「さあ。だが、依頼主は警察の介入を避けたがっている」

「…………」

希実の眉が曇った。が、目は活きている。

「そこで、訊ねたい。あなたは千紘さんに銀行の通帳を預けましたか」

「その前に答えてください。事件にはならないのですね」

「調査の結果はどうであれ、司法に委ねることはない」

　きっぱりと言った。

　ぎりぎりのところだが、うそはついていない。

「わかりました」希実が肩を上下させた。「千紘ママに頼まれました。銀行の口座をつくって、通帳とキャッシュカードを自分に預けてくれないかと」

「なぜ、それを受けたの」

「千紘ママは、皐月で唯ひとり、わたしが安心できる人でした。どういうつもりでわたしにやさしくしてくれたのかわからないけど、感謝しています」

　鶴谷は胸をなでおろした。

　他人に感謝する気持があれば大丈夫である。精神疾患が悪化すれば、他人の親切も悪意に感じ、周囲の誰も信用できなくなる。

「頼まれたのは皐月にいたときかな」

「いいえ。わたしが辞めたのは去年の十一月末です。接客に耐えきれなくなって……いつも千紘ママとおなじ席にいたわけではないので……わたしがふさぎ込んでいればお客さんに不快な思いをさせる。このままではお店が忙しくなる年末はとてもむりだと思って辞めました。千紘ママから相談を受けたのは年明けです」

「店を辞めてからも連絡を取り合っていたのか」

「ええ。千紘ママに勧められ、LINEの仲間になっていたので」

鶴谷は頷いた。

齟齬はない。希実が三友銀行に口座を開設したのはことし一月十八日である。

希実が言葉をたした。

「わたしの口座が不正に利用されたのですか」

「その可能性はある。が、はっきりしたこともある」

「何ですか」

「あなたは疑惑に関与していない」

「……………」

希実が口元を弛めた。

安心した表情には見えない。顔には困惑の気配が残っている。

通帳を預けた見返りを受けたのか。

その質問は控えた。仕事とは関係ないことだ。

思いついたように、希実がパーカーのポケットから名刺を取りだした。

鶴谷の名刺をじっと見て、口をひらく。

「鶴谷さんは、わたしの病気のこと、ご存知なのですか」

「知っている。そういう仕事なんだ」

「ひょっとして、鶴谷さんも……ごめんなさい」

「謝ることはない。誰にでも心に疵はある。それが何かの拍子で発症するか、しないか……些細なことだよ」

「うらやましいです。わたしもそう思えるようになりたい」

「あせることはないさ。俺の持病も完治はしていない。いまは、むりをして治そうとも思わなくなった」

「………」

目をぱちくりさせたあと、希実が相好を崩した。目が輝きを増した。

鶴谷も自然と顔がほころんだ。

「どんなに用心していても、嫌なことはおきるし、不快なやつはあらわれる。逆に、こうして、持病が好運を招くこともある」

希実が声にして笑った。

雲を突き破るような、あかるい声だった。

鶴谷は草の葉をむしった。息を吹きかける。ひらひらと流れ、ゆっくりおちた。

迷いは消えた。

「話は変わるが、市の都市整備局の丸川さんを知っているか」

「はい。千紘ママのお客様です。といっても、最初はママが大事にしているお客様に連れてこられたとか。わたしはいつも、丸川様のそばに座っていました」

「千紘さんの指示で」

「初めはそうでした。丸川様はいつもたのしく遊ばれて……何度か、食事をご馳走になり、同伴していただいたこともあります」

「いまは」

「お店を辞めてからは会っていません。でも、ＬＩＮＥでやりとりをしています。千紘ママがメインですが」

「それなら頼みたいことがある」

「何でしょう」

希実が顔を近づけた。

まるい目が興味を示している。

小一時間ほど希実と話し、アルファードに戻った。

木村がイヤフォンをはずした。希実とのやりとりを盗聴していたのだ。

「勉強になりました」

「なるわけない」

「えっ……そうですね。失礼しました」

木村が神妙な顔で答えた。

鶴谷は煙草を喫いつけた。

希実には神経を遣った。が、精神は穏やかで、心地よい余韻がある。

木村が口をひらく。

「どちらへ」

「横浜に戻る」

運転手に指示し、木村が目をむけた。

「彼女が誘って、丸川は応じるでしょうか」

「ダボハゼだからな」

あっさり返した。

何にでも食らいつく輩を、関西ではダボハゼと揶揄する。

丸川は枕営業専門の女を相手にし、ＨＰＩの仁村の誘いに乗った。いまは伊豆高原で暴力団幹部とゴルフをしている。

希実が会いたいと言えば、尻尾をふって駆けつけるだろう。

「まだゴルフ場か」

「三十分前にハーフをおえ、休憩タイムに入ったと連絡がありました。三時までにはゴルフ場を去ると思われます」

伊東の望洋荘は一泊の予約だった。ゴルフ場周辺のホテルや旅館を調べたが、仁村と丸川、瀬戸の名前での予約は入っていなかった。

江坂らは、仁村と丸川が荷物を仁村の車に収めるのを視認している。

高速道路が順調だとして、東京に戻れるのは午後七時ごろか。

希実に連絡するのはこれからの展開次第である。

――丸川に連絡し、相談があると誘ってくれないか――

鶴谷の要請を、希実は応諾してくれた。

それでも、日時は言わなかった。できることなら希実を利用したくない。

前方を走るタクシーの左ウィンカーが点滅する。

「自宅ですね」

アルファードの助手席に乗る木村が言った。

そとは闇の色が濃くなっている。

――丸川がホテルニューグランドを出ます。ロビーで仁村から紙袋を受け取り、それをボストンバッグに収めました――

江坂からの報告はホテルニューグランドの近くの路肩で聞いた。

午後六時半にも報告があった。

内森一家の瀬戸とはゴルフ場で別れ、丸川は仁村の車に乗った。横浜に着いたのは午後六時過ぎで、丸川と仁村はホテルニューグランドのレストランに入った。食事のあとラウンジに移り、三十分ほど談笑していたという。

「あと五、六分で着きます」

「先回りして、自宅の前で停めろ」

アルファードがスピードをあげ、ならぶ間もなくタクシーを追い越した。

港北区菊名の住宅街に入る。路地角に停めた。丸川の家は角から二軒目にある。木造二階建ての家屋に妻と長女の三人で暮らしている。

日曜のせいか、路上に人影はなかった。

木村がふりむく。

「攫うのですか」

「話をするだけよ。やつを乗せたら、近くを周回しろ」

「丸川が抵抗したら……」

「せん」

語気鋭くさえぎった。

後方から車が近づいてくる。

鶴谷は路上に立った。

路地角を過ぎたところでタクシーが停まった。ドアが開く。

丸川が細長いボストンバッグを抱えるようにして車から出てきた。水色のポロシャツに紺色のジャケット、カーキ色のズボンを穿いている。

タクシーが動きだすのを見て、丸川に接近した。

「丸川さん」

丸川が動きを止めた。

ふりむく前に、鶴谷は正面に回り込む。鼻面を合わせた。

「俺は、鶴谷。WACの代理人や」

「…………」

丸川が目をむいた。目の玉がこぼれおちそうだ。

港南設計の羽島から話を聞いていたか。鶴谷が港南設計の本社で三沢と面談した日の夜、羽島と丸川は関内の割烹店で会食をした。

鶴谷は写真を手にかざした。

ゴルフ場で盗撮した一枚である。丸川と瀬戸が笑顔を見せている。

「あんたと一緒に写っているのは誰や」

「そんなものを……」

声にならないような声だった。

「続きは車の中や」

右腕をとり、アルファードに乗せた。

丸川は抗わなかった。顔は青ざめ、身体は固まっている。

車が動きだすや、鶴谷は先ほどの写真をテーブルに置いた。

「たのしそうやな。一緒に写っている男は誰や」

「………」

丸川が顔をゆがめた。

「指定暴力団、関東誠和会……内森一家の若頭、瀬戸公造。この写真一枚でおまえのキャリアはおわる」

「誤解だ」声を張り、丸川が顔を寄せる。「暴力団とは知らなかったんだ。わたしをゴルフに誘った人が連れてきて……ラウンド中に素性を教えられた」

「きのうは、どこで何をしていた」

「伊東温泉に……」

声が沈む。目が泳ぎだした。

鶴谷は、別の三枚の写真をテーブルにならべた。

仁村と丸川が望洋荘に入るところと、おなじアングルで瀬戸と乾分が望洋荘に足を踏み入れる場面、三人が露天風呂にむかうところを撮ったものだ。

「こんなものまで……わたしを尾行していたのか」

「雑魚(ざこ)は相手にせん」

つっけんどんに言った。

丸川が目をまるくした。

「HPIの仁村に招待され、伊東で瀬戸を紹介された……そういうことか」

「ええ……暴力団も来るとわかっていれば、誘いをことわっていた」

「どこかの芸人みたいなことを吐(ぬ)かすな」

鶴谷は煙草をくわえた。火を点けてから、丸川を見据える。

「おまえは港南設計の羽島と親しい。ＩＲ事業の基本設計では羽島に協力した。その羽島はＷＡＣと手を組み、ＷＡＣはカジノ事業参画の内定を得た。当然、おまえとＷＡＣも抜き差しならない関係に陥った」

丸川がぶるぶると首をふる。顔は色を失くした。

無視し、話を続ける。

「白を切ってもむだや。俺がＷＡＣの代理人ということを忘れるな」

凄むように言い、煙草をふかした。

門田希実の話をするのはまだ早い。希実の口座の入出金明細書を精査してからのことだ。希実の口座から丸川のそれへ流れたカネの原資を知るのが先である。

「仁村に誘われたこと、港南設計の羽島は承知か」

「彼は関係ない」

声が強くなった。

まだ抵抗する気力は残っているようだ。

「羽島の前でもそう言いきれるのか」

「…………」

丸川がくちびるを嚙む。

鶴谷は畳みかけた。

「WACに見切りをつけ、羽島との腐れ縁を絶ち、仁村に乗り換えたか」

「何てことを……仁村さんとは親睦……IR事業の話はしなかった……だから、羽島さんには伊東に行くことを話さなかった」

言葉を選ぶかのように、途切れ途切れに喋った。

鶴谷は、ふかした煙草を消し、顔を寄せた。

「仁村とも抜き差しならない仲になったようやな」

「えっ」

「バッグに入れた土産の中身は何や」

「…………」

丸川が啞然とし、身体でボストンバッグを隠そうとする。

鶴谷は左手でジャケットの襟を摑んだ。右手でバッグを奪う。

「やめろ」

丸川が金切り声を発した。

左手で引き寄せ、頭突きを見舞う。

うめき、丸川が両手で顔を覆った。指の隙間から血が滴る。歯が欠けたか。

丸川を突き放し、ボストンバッグのファスナーを開けた。

抵抗しなければ手荒な真似はしなかった。丸川の表情と動きから、見られてはこまるものが入っていると読んだ。もちろん、仁村が別れ際に渡したものである。

調査員の江坂によれば、中身を確認せず紙袋をボストンバッグに入れたそうだが、タクシーの中で中身を確認したのだろう。

紙袋をテーブルの上にひっくり返した。

百万円の束が五つ。銀行名が記された帯が付いている。

「親睦の証か。見返りは、何や」

「そんなもの……」声がふるえた。「カネとは知らなかった。ほんとうだ。頼む。カネは返すから、助けてくれ」

「悪あがきは止めんかい」

怒鳴りつけた。顔がゆがむ。

保身のため、己の欲を満たすため、受けた恩義に砂をかけ、道理を踏み潰す。

そんな輩を何人も見てきた。

そのたび、吐きそうになる。欲望の渦の中に生きる自分を嫌悪してしまう。

だが、どうして稼業を続けているのか、斟酌したことはない。稼業を畳めば精神が穏やかになるとも思わない。

生きるか、死ぬか。二つにひとつ。その狭間で喘いでいる。

ゆっくり息を吐いた。

「仁村に、何を頼まれた」

「…………」

くちびるが動いたが、声にならなかった。

「カネを返し、仁村との縁を切るか」

「切る」

鸚鵡(おうむ)返しに言い、すがるようなまなざしをむけた。

「手遅れや。カネを返したところで、暴力団と遊んだ事実は消えん。俺が口をつぐんでも、仁村はその事実を利用する」

「まさか……」

「いまごろ気づいたか」

「お願いです」

丸川が両手をテーブルにあてた。

顔が見えなくなる。

「このとおりです。わたしを助けてください」

鶴谷は窓のそとに目をやった。

我慢も限界に近づいている。

丸川をぶちのめし、黙らせたい。それよりも、車から飛び降りたい。

視線を戻し、口をひらく。

「これが最後や。仁村に何を頼まれた」

「港湾局と手を組めと」

蚊の鳴くような声がした。

「局長の赤井か」

「そうです」

「組んで、どうする」

「都市整備局と港湾局が一体となって、これから市議会に提出する予定のＩＲ事業計画案が可決されるよう尽力してほしいと」

「事業計画案にＨＰＩの名があるのか」

「その予定……もはや、覆らないと思う」

「そうかい」

ぞんざいに返し、木村に声をかける。

「停めろ。このゴミをつまみだせ」

アルファードが停まった。

木村がそとに出て後部座席のドアを開く。

鶴谷は、テーブルのカネをボストンバッグに戻した。

木村が丸川の手首を引く。

空いている手で、丸川がボストンバッグをかかえた。


きょうもすっきりしない空模様だ。未明に雨が降ったせいか、空気が重い。ホテルから中区桜木町まで歩く間に肌がべたついた。

九階建てのオフィスビルに入り、エレベーターで五階にあがった。〈WAC　横浜営業所〉のプレートが貼られたドアを開ける。

フロアは五十平米ほどか。カウンターの向こうに八つのデスク。五人の男女がパソコンと向き合っていた。左側には楕円形のテーブルがあり、そばの壁にはホワイトボードが掛かっている。予定の欄には空白がめだつ。

手前にいる女が笑顔で近づいてきた。

「いらっしゃいませ」

「鶴谷と申します。本部長の米田さんにお取り次ぎを願います」

米田は本社の営業統括本部長だが、横浜営業所の所長を兼務している。

横浜営業所は四年前に開業した。横浜市のカジノをふくむＩＲ事業に参画するために新設されたのは想像するまでもない。

「お待ちしていました。どうぞこちらへ」

言って、女が背を見せる。

右側にある所長室に案内された。

手前に四脚のソファ、奥に両袖付きのデスクがある。

デスクの米田が立ちあがった。

どことなく表情が硬く見える。

「むさ苦しい部屋で恐縮です。どうぞ、おかけになってください」

確かに狭苦しく感じる。

横浜営業所はＩＲ事業参画の前線本部としての役割しかないのだ。内定が復活し、横浜市がＩＲの誘致に成功すれば、営業所は支社か支店に格上げされ、社員も増員されてフロアは活況を呈するだろう。逆の場合は撤退しかない。

ソファに座り、煙草を喫いつけた。テーブルにはガラス製の灰皿がある。

米田が正面に浅く腰をかけた。

「きょうは、どういったご用でしょう」

一時間前の電話では、会って確認したいことがある、とだけ告げた。

けさは九時からホテルの作戦本部にこもった。調査員の江坂から報告を聞いたあとは、資料と映像を見ながら木村と話をした。それを踏まえ、米田に面談を求めた。

「門田希実という女を知っているな」

「えっ」

米田が声を詰まらせた。早くも目が泳ぎだす。

「腹を括って応えろ」

語気を強め、目でも凄んだ。

「はい。名前には憶えがあります」

「会ったことは」

「顔を合わせたことがあるかもしれませんが、顔と名前が一致しません」

「そんな女にカネをくれてやるのか」

「…………」

米田がのけ反る。目が点になった。

鶴谷は、ジャケットのポケットから紙をとりだし、テーブルに置いた。

「門田希実の銀行口座の明細書や。見ろ」

米田が紙を手にした。

ふるえているのがわかる。

「ことしの一月から五月まで、毎月五百万円が振り込まれている。振込人の氏名は吉永保……その名前に心あたりはあるか」

「…………」

言葉にならない声を洩らした。

鶴谷は、ふかした煙草を消した。米田を睨みつける。

「はっきり言わんかい」

「あります」

「日本語が違うやろ。五百万円はすべて、この近くの銀行のＡＴＭから振り込まれていた。銀行の防犯カメラで振り込んだ人物も特定できた」

米田が肩をおとした。ため息を吐き、視線を戻す。

「恐れ入りました。わたしが振り込みました。しかしながら」米田が顎をあげる。

「このことは鶴谷さんの仕事とは関係ないでしょう」

「ご託を吐かすな。俺の質問にだけ答えろ。二千五百万円は賄賂か」

「そんな言い方は……内定をいただいた謝礼です」

「あほくさ。誰への謝礼や」

「港南設計の羽島さんです。こちらは羽島さんの指示どおりに……門田希実からどのように羽島さんに渡ったのかは承知していません」

「二千五百万円のうち五百万円が都市整備局の丸川に渡った。つまり、ＷＡＣが内定を得たのは羽島と丸川の尽力によるものか」

「そう認識しております」

「港南設計では、基本設計を仕切ったのは羽島でも、ＩＲ事業計画に関する決定権は常務の三沢にある。三沢には貢がなかったのか」

「現金の贈与はありません」

「甘いのう。元締をかかえ込まないでどうする」

米田が眉をひそめた。

「打診しました。しかし、三沢常務には拒まれました」

「どうして」

「わかりません。ご本人はそうされる覚えがないと……そっけなく」

「三沢は、ＷＡＣから羽島にカネが渡ったのを知っているのか」

「おそらく。わたしは、三沢常務と羽島さんにお礼がしたいと申しましたから」

鶴谷は首をひねり、ソファにもたれた。

米田が言葉をたした。

「そんなことを知って、どうされるのですか」

「わかりきったことを訊くな。交渉の材料にする」

「こまります」米田が声を張った。「謝礼の件は、弊社の疵です」

「それがどうした。敵の疵に塩をこすりつけるのが俺の仕事よ。そのためには依頼主を崖っぷちに立たせることもある」

「………」

米田が頭をふった。

駄々をこねるようにも、泣きだしそうにも見える。

「俺には敵も味方もない。請けた依頼を完遂する……それだけや」

煙草をくわえ、火を点けた。ふかし、話を続ける。

「ところで、三沢は、WACに内定を与えることに反対しなかったのか」

「そういう話は聞いていません。羽島さんによれば、港南設計の役員会議の場で、弊社への内定通知の件は満場一致で受け入れられたそうです」

「いつのことだ」

「その会議は昨年の末……内定が正式に決定したのは年明けすぐのことでした」

「アメリカのHPIが横浜のIR事業参画にむけて動きだしたのは」

「ほぼ一年前と認識しております。その時点で弊社ははるか先を行っており、同業他社に遅れをとるなどとは、露ほども思っていませんでした。横浜市、港南設計、国会議員、県会議員と市会議員……横浜の財界をふくめ、根回しは万全でした」

「そうですか」

　そっけなく返し、煙草をふかした。

　この男はどうかしている。

　この期に及んでも、万全と言い切る神経が理解できない。

　が、そんなことはどうでもいい。

　米田の話を聞いて、もつれた糸の何本かが解れた。

「鶴谷さん」

言われ、逸らしていた視線を戻した。

「状況はどうなのですか」

「答えられん」

「教えてください。居ても立っても……睡眠薬を飲んでも眠れません」

「寝るな」

「…………」

米田が眉尻をさげた。何とも情けない顔になる。

「まだ羽島と連絡をとっているのか」

「いいえ。あなたに言われてからは……羽島さんからも連絡はありません」

「腐った貝になれ。きょうの件は誰にも喋るな」

「承知しました」

鶴谷は煙草をふかした。

紫煙を見て、ひらめいた。

「根回しは万全だったと言ったな」

「ええ」

「地場の暴力団にも接触したか」

「いいえ。わたしは、必要があれば接触するつもりでした。それで、羽島さんに相談したのですが、その必要はないと言われました」

「理由を聞いたか」

米田が頷く。

「横浜港は昭和の昔から関東誠和会との縁が深く、現在も裏でつながっているようだが、港南設計は一切かかわっていないと」

「市は、どうや」

「縁は切ったそうです。しがらみや腐れ縁を断ち切れていない部署もあるようだが、都市整備局はつながっていないとも聞きました」

「ん」

鶴谷は眉根を寄せた。

縁が切れていないのは横浜港を管轄する港湾局か。

その言葉は胸に留めた。

米田を信用しているわけではない。腐った貝になれるとも思っていない。

他人を信用するということは、リスクを背負うのとおなじ意味である。

急ぎ足でホテルに戻った。

――手が空き次第、連絡ください――

米田と話しているさなかに木村からショートメールが届いた。

ソファに座るなり、木村がテーブルの紙を指さした。

「港湾局の赤井の妹の夫が経営する会社と夫個人の口座明細書です」

二枚の紙の上部に〈株式会社ローズライフ〉〈小野正敏〉と記してある。

「何の会社や」

「内装業者です。主にオフィスビルの内装を手がけ、業績は良好。社長の小野は十年前まで横浜の中元工務店に勤め、室内設計を担当していた。三十八歳で結婚、二年後に退社し、ローズライフを設立しました」

「経歴からして、港南設計の三沢とも縁がありそうやな」

「おおありです」木村が声をはずませた。「小野と赤井の妹は三沢の紹介でつき合いを始めたそうです。ちなみに、当時の三沢は企画推進部の部長で、赤井とはプライベートでも親交があったようです」

「いまの部長の羽島は三沢の直属の部下だったのか」

「ええ。ただ、おなじ部に在籍していた期間は二年ほどでした」

「なるほど」

木村がコーヒーを淹れるのを待って、口をひらく。

「口座から何がわかった」

「ローズライフの口座に、昨年十一月からことし三月にかけて九百万円ずつ五回、計四千五百万円の入金がありました。振込人は、かつて小野が勤めていた中元工務店です。四千五百万円がどういう名目で振り込まれたのか判明していません。ローズライフは創業時から中元工務店と取引があるけれど、昨年十月までは数十万円から数百万円のやりとりなので短期間で四千五百万円というのは異常に思えます」

立て板に水の如く、早口で喋った。

「ローズライフと中元工務店の業務実態を調べられるか」

「調査中です。が、四千五百万円と結びつけるのは困難かもしれません」

「だろうな。で、ローズライフの口座に入った四千五百万円はどう動いた」

「五回とも入金当日に八百万円が引きだされました。口座からどこかに振り込んだという記録はありません。念のため、銀行の防犯カメラの映像を手配しました」

「…………」

頭が混乱しかけている。

港南設計の三沢、市港湾局の赤井、ローズライフの小野との関係はわかった。中元工務店がローズライフに四千五百万円を渡したのは事実である。

何度か首をかしげながら頭の中を整理した。その途中で、先ほどのＷＡＣの米田とのやりとりが鼓膜によみがえった。

――横浜港は昭和の昔から関東誠和会との縁が深く、現在も裏でつながっているようだが、港南設計は一切かかわっていないと――

――市は、どうや――

――縁は切ったそうです。しがらみや腐れ縁を断ち切れていない部署もあるようだが、都市整備局はつながっていないとも聞きました――

木村の目を見た。

「中元工務店に関する情報はあるか」

「はい。中元工務店は主に市内の小規模な商業施設を手がけており、自社も伊勢佐木町や福富町、その周辺に五つのテナントビルを保有しています。ローズライフはそれらのビルの内装や改装を請け負っているそうです」

「下請業者か」

鶴谷はコーヒーを飲んだ。

木村が報告を続ける。

「中元工務店の創業者は関東誠和会と深くつながっていたそうで、息子の二代目社長もその縁を引き継いでいるようです」

「ん」

手のカップがゆれた。コーヒーがこぼれそうになる。

「内森一家か」

「はい。瀬戸公造の企業舎弟ではないかという証言も得ました」

「調べられるか」

「江坂に指示しました」

鶴谷は頷いた。

調査員の江坂は神奈川県警察本部の警部から情報を入手している。

「それとは別に、仁村と瀬戸の接点を知りたい。仁村は伊東温泉に瀬戸を招き、都市整備局の丸川を引き合わせた。仁村の独断によるものか、誰かと策を弄したか……いずれにしても、仁村と瀬戸をつないだやつがおる」

木村がノートにボールペンを走らせる。

鶴谷は煙草を喫いつけた。ふかし、話しかける。

「中元工務店の社長の個人情報は」

「中元二郎は四十三歳の独身、婚姻歴はありません。いわゆるぼんぼんですが、仕事はできると評判です。身辺調査は始めたばかりなので、交友関係などプライベートなことはこれからです。中元は大のゴルフ好きらしく、県内二箇所のゴルフ場の会員になっています。そのへんを中心に情報を集めています」

「中元と、港南設計の三沢、ＨＰＩの仁村との接点をさぐれ」

木村がノートに書き、顔をあげる。

何か言いたそうな、理由を知りたそうな表情になっている。

「まっとうな仕事のカネでなければ、四千五百万円の原資はＨＰＩ……そう仮定し、なぜ中元工務店とローズライフなのか。二社を経由して、ＨＰＩのカネはどこの誰に流れたのか。考えられるのは港南設計の三沢と港湾局の赤井……今回のトラブルの背景のど真ん中にいるのは三沢とＨＰＩの仁村や」

「わかりました」

答え、木村が携帯電話を手にした。

鶴谷の指示を部下に伝える。

携帯電話をテーブルに置くのを見て、口をひらく。

「ほかに、報告はあるか」

「けさ、和木の口座に三万円が振り込まれました。振込人はおなじです」

「吉村一夫か。吉村の口座を使っているやつは特定できんのか」

「残念ながら……振込人は、毎回、利用するATMを変えています。ほとんどがコンビニのATMで、振り込むさいはキャップとマスクをしているので面相が識別できません。体型から振込人は複数いるようです」

「そのことを江坂に教えたか」

「はい。写真付きで。福富町を所管する伊勢佐木署のマル暴担や生活安全課の者なら識別可能かも知れないと期待しています」

鶴谷は頷いた。

自分もそう思い、江坂の名前を口にしたのだった。

「最近のカネの動きからして、三万円はすくないな」

「ええ。ですが、自分は和木のほうが振り込むものと思っていました。先週土曜の朝方にベイドリームから出てきた和木はふてくされた様子で、江坂はネットカジノで負けたのだろうと言っていました」

「あれから行ってないのか」

「はい。土曜は部屋にこもったまま、きのうも昼に近くの喫茶店でカレーライスを食べて部屋に引き返したそうです。けさは八時半に出社しました」

「ベイドリームを借りた女はどうや」

「福富町でラウンジを経営している梅野雅世ですね。先週金曜は深夜遅くまで自分の店にいて、ベイドリームには近づきませんでした」

「梅野と周辺の調査は進んでいるか」

「ひとり、気になる男がいます。ラウンジの元従業員、清水透……先週土曜の午前十一時前、ベイドリームから出てきた二人連れの片割れです。清水は階段下のシャッターを降ろし、鍵をかけたそうです」

「どうして素性が知れた」

「尾行し、住所を確認しました。それと写真を元にアクセスし、警察データに載っているのが判明……傷害罪で執行猶予付きの有罪判決を受け、保護観察中は梅野のラウンジで働いていました」

「ベイドリームに出入りしたほかの連中は、どうや」

「六人を尾行し、素性が判明したのは二人です」

「その二人に接触し、清水と和木の写真を見せろ」

木村が目を見開く。

「いいのですか。違法賭博をやっている連中ですよ。裏目にでれば、ベイドリームの関係者が警戒し、店を畳むかもしれません」

「どうでもいい」投げつけるように言う。「的が違う。それに時間もない」

「わかりました」

答え、木村が携帯電話を手にした。

部下にてきぱきと指示する。

いつも木村の記憶力の良さには感心する。ひとつの案件で数十人の人物が登場するのだが、木村は彼らの名前をまる暗記している。

鶴谷は天井にむかって紫煙を吐いた。

★

★

襖が開き、男がぬっと顔をだした。

「鰻とは豪勢だな」

にやりとし、神奈川県警察本部の東口が座椅子に胡座をかいた。

「注文が多すぎたが、まあ、いいか」

「すみません」

江坂はビール瓶をさしだした。

早めに来てビールをひと口飲んだところで東口があらわれた。

豪勢も何も、馬車道にあるこの店を指定したのは東口である。

が、文句は言えない。木村の指示を受け、東口に幾つかの頼み事をした。

仲居が冷酒の瓶とぐい呑み、先附を運んできた。

東口がグラスを空け、箸を持つ。あっという間に、先附の三品が消えた。冷酒の瓶を持ち、手酌でやる。美味そうに息をつき、視線をむけた。

「ラウンジのママの梅野雅世は内森一家の瀬戸の女だ。梅野が福富町のクラブでホステスをしていたときにデキたようで、マル暴担は、瀬戸がラウンジの開店資金をだしたと読んでいる。ラウンジに暴力団関係者が出入りしないのは瀬戸が睨みを利かせているからだ。瀬戸本人も店には足をむけないそうだ」

「ラウンジの元従業員の素性はわかりましたか」

「写真の写りが悪い野郎か……あれをどこで撮った」

「勘弁してください。守秘義務があります」

「ふん。俺には内規違反をやらせておいて」

投げやり口調で言って冷酒をあおり、ぐい呑みをトンと置く。

「清水透は内森一家の事務所に出入りしている。伊勢佐木署のマル暴担は準構成員と見ているそうだ。清水が……」

東口が言葉を切った。

仲居が運んできた刺身をつまむ。う巻きやうざくも平らげる。食べるのが速い。美味いのか、不味いのか。顔を見るだけではわからない。

東口が箸を休めたところで、話しかけた。

「ATMの防犯カメラが撮った写真のほうはどうですか」

東口がぎょろりと目を剝いた。

「あんなものまで手に入るとは……公安部の鬼と言われていただけのことはある」

「うちの所長を知っているのですか」

「調べた。当然だろう。あぶない橋を渡っているのだ」

東口が何食わぬ顔で答えた。

一々反応してはいられない。

「で、吉村一夫なる人物の正体はわかりましたか」

「ああ」

ぼそっと言い、東口が手酌酒をやる。

勿体をつけているのはあきらかだ。が、辛抱するしかない。

東口が口をひらく。

「吉村一夫は三人……うちひとりは清水よ。伊勢佐木署のマル暴担が証言した。念のため、鑑定にだすか。別料金だが」

「こちらでやります」

江坂は即座に答えた。

経費を惜しんだわけではない。木村に打診するつもりもない。伊勢佐木署のマル暴担が清水に関心を持てば面倒になる。

「もうひとり、面が割れた」東口が言う。「伊勢佐木町に屯するチンピラで、瀬戸の乾分の使い走りをやっているそうだ」

「ありがとうございます」

江坂はセカンドバッグから祝儀袋を取りだした。五十万円が入っている。

もうひとつ重要案件が残っている。その話をする前に、東口の機嫌を良くしておきたかった。カネを手にすれば東口の口は滑らかになる。

祝儀袋を手にし、東口が目を細めた。

襖が開いた。

香ばしい匂いがひろがる。

東口が七味をかけ、鰻の肝焼きに咬みついた。

皿に二本の串が残った。

冷酒をあおるようにして飲み、視線をむけた。

「内森一家の瀬戸と中元工務店の関係もわかった。二人はゴルフ仲間……中元は伊豆と箱根のゴルフ場の会員で、毎週のようにラウンドしている。その半分は瀬戸と一緒……ゴルフ場の顧客データに瀬戸の名前はないだろうが」

各自治体の条例により、暴力団関係者のゴルフ場利用は禁止されている。

「中元工務店の社長は瀬戸の企業舎弟とのうわさを耳にしました」

「マル暴担は確認してない」

東口がはねつけるように言った。

そんなことでは怯まない。

「ゴルフ仲間ですが、ほかにどんな人がいるのですか」

「そう来るよな」

東口がにやりとする。上着のポケットをさぐり、数枚の紙を差しだした。

「中元が会員になっているゴルフ場の顧客リストだ。手続きは踏まなかった……そこのところは配慮してくれ」

「恩に着ます」

江坂は拝むようにして紙を受け取った。


ネオン街で遊びたそうな東口と別れ、徒歩で福富町へむかった。

湿った風にまつわりつかれ、足が重く感じる。疲労が溜まっている。だが、音はあげない。眼の前に人参がぶらさがっている。過酷な仕事の報酬なのだから恩義は覚えないけれど、鶴谷には妙な親近感がある。血を分けてやったせいか。

薄暗い路地角に相棒の照井が立っていた。

近づき、斜向かいに目をやる。

道端に〈塒〉の立て看板。いまにも灯が消えそうだ。

江坂は腕の時計を見た。まもなく午後十時になる。

「客は入ったか」

「三人……ひとりは先週の金曜も見かけました」

「和木は来てないのだな」

照井が頷くのを見て、写真を手にした。

六枚ある。先週土曜の未明から朝にかけて、同僚が撮ったものだ。尾行し、その内の二名は素性が判明している。

「どいつだ」

「この男です」

照井が一枚を指さした。

江坂は写真を裏返した。手書きで〈廣田晋太郎〉とある。

写真の束をジャケットの内ポケットに戻した。

照井が話しかける。

「鶴谷さんの仕事は順調なのですか。自分にはさっぱりわかりません」

「俺もおなじだ。知りたいとも思わん」

「カネと割り切っている……プロですね」

「嫌味か」

「そういうつもりは……ある意味、尊敬しています。自分には真似ができない」

「しなくて結構」

照井が肩をすぼめた。

「飯を食いに行ってもいいですか」

「晩飯を食ってないのか」

「食いそびれました。むこうにいる先輩に声をかけるのも気が引けて」

十メートルほど離れた路地角にも同僚の二人が立っている。

「俺は、おまえを尊敬する」照井の肩に手をのせた。「行ってこい」

「三十分で戻ります」

歩きかけた照井が動きを止めた。

かすかに階段を踏む音がしたあと、ベイドリームから男が出てきた。

江坂は目を凝らした。

写真のひとり、廣田晋太郎だ。黒っぽいスーツを着て、左手に鞄を提げている。木村からは、妻子持ちの三十七歳、自動車販売会社の営業員と聞いた。

廣田が西通へむかって歩きだした。

「すまん。ここにいろ」

照井に声をかけ、廣田のあとを追った。

――チャンスがあれば、ベイドリームの客に接触しろ――

ここへ来る途中、木村に電話をかけて東口の情報を報告した。そのあと、店内の様子や和木と清水の事を聞きだすよう指示された。

西通に入ったところで接近し、背後から名前を呼んだ。

廣田がふりむく。

近寄り、面と向かった。

「ついさっき、ベイドリームから出てこられましたね」

廣田が眉根を寄せた。

さぐるような目つきになった。威嚇しているようにも見える。

どうということはない。歳は食っても、差しの喧嘩なら自信がある。

「あんた、誰」

「調査会社の者です」

言って、名刺を差しだした。

廣田が名刺を手にした。

表情が弛んだようにも見えた。

「ベイドリームに出入りしている、或る人物を調査しています」ワークスの和木の写真をかざした。「この人です。ご存知ですか」

「ああ。けど、喋りたくない」

裏賭博をやっている後ろめたさか。警戒心が消えていないのか。

江坂はセカンドバッグを開けた。餌は先に与える。

「これは謝礼です」

廣田が祝儀袋の中を覗いた。

「話を聞かせていただければ、もうすこし上乗せできます」

「あ、そう。面倒な話でなければ……」

「もちろんです。あなたに迷惑はかけません。ここは人目につきます。橋のむこうで一杯やりませんか」

「いいよ」

廣田の声音が軽くなった。

江坂はほっとした。

福富町には内森一家の目が光っている。先週も道端で声をかけられた。

大岡川の橋を渡り、野毛町のスナックに入った。

小ぢんまりとしている。カウンター席が七つ、うしろに七、八人が座れるベンチシート。カラオケがうるさいけれど、そのぶん他人の耳を気にしなくて済む。

カウンター席の端に座った。

花柄のワンピースを着た女が寄って来た。おしぼりを差しだす。

「シンちゃん、ひさしぶりね」

「空っ穴でさ」

「ギャンブルか……懲りないね」

女が目元を弛めた。五十代半ばか。目尻の皺に色気が潜んでいる。

「シンちゃんは水割りね。お客さんは」

「おなじで」

女がボトルを手にした。

白州には〈廣田〉と書かれた首飾りが掛かっている。液体は残りすくない。

江坂はボトルを指さした。

「それを一本ください」

「あら、いい男ね」

「よく言われます」

さらりと返した。

水割りをつくって女が離れた。

江坂はグラスを置いた。

「先週の金曜、ベイドリームに行かれましたか」

「ああ。ツイてなくて、三時間ほどで引きあげたけど」

「写真の人を見ましたか」

「となりの席にいた。あんた、店の中を知っているの」

「入ったことはありません。会員制のネットカジノの店でしょう」

「会員制じゃないが、一見はことわられる。中は弓形のカウンターに八席……エイトバカラを模しているのさ」

「なるほど。全員がおなじ画面を見ているのですね」

「そう。あの男、熱くなっていた。俺より遅く来たのに……一時間も経たない内に店長に追加のベットを頼んでいた」

「店から軍資金を借りたという意味かな」

「そう。けっこう借りるやつがいる。そんなふうに見えないけど、あの男は上客なんだろう。俺がいる間に片手は走っていたと思う」

「五万円……ですか」

「そんなわけないじゃん」廣田が目で笑う。「あの店、福富町ではレートが高い。ツイてなけりゃ、五万円なんて十分と経たない内に溶けちまう」

「へえー」

江坂はのけ反ってみせた。姿勢を戻す。

「写真の人、店で何回くらい見かけましたか」

「けっこう見たね。とくに、この二、三か月は……いつも負けていたようだけど」

「下手なんですか」

「さあ。上手いから勝てるとか、下手だから負けるとか……ギャンブルはそんなものじゃない。どう転ぶかわからないから、いつまで経っても止められない」

さばさばとしたもの言いだった。

グラスを傾けてから、写真を取りだした。清水透が写っている。

「店長って、この人ですね」

廣田が目をまるくした。

「仕事なので、この程度は……教えてください。この男ですか」

「ああ。オープンのときからいるそうだ」

「経営者ではないのですか」

「どうかな。そういうことには興味がないんでね」

慎重なもの言いに変わった。

裏賭博をやる者には危険を察する嗅覚が備わっているのか。単に、臆病なのか。

かまわず質問を続ける。

「店長のほかに何人いるのですか」

「ひとり」

「三人ではないのですか」

「はあ」

廣田が眉根を寄せた。

知っているのなら訊くな。そう言いたそうな顔にも見える。

が、質問を止めるわけにはいかない。

――吉村一夫は三人……うちひとりは清水よ――

頭には東口の言葉が残っている。内森一家の瀬戸の乾分の使い走りをしているという男の名前も聞いた。残るひとりは誰なのか。

「そう聞いたのですが……客以外で店に出入りする人を見かけませんでしたか」

「…………」

廣田が顎をしゃくった。

いまにも席を立ちそうな顔になった。

「すみません」

小声で言い、カウンターの下で手を動かした。

廣田の上着のポケットに祝儀袋を入れる。

「もうすこし、話を聞かせてください」

「いいよ。けど、面倒な話は抜きにしてくれ」

「そうします」

答え、江坂はグラスを手にした。

仕事中の酒は何杯飲んでも酔えない。味もわからない。

カラオケが続いている。

吉田拓郎の『落陽』だったか。

この場にふさわしい歌詞のような気がした。

★

★

《こんにちは、鶴谷さん。美都里です》
声を発する前に、元気な声が届いた。
まるで電話があるのを待ち構えていたかのようだ。
「いま、話せるか」
《はい。家にひとりでいます。母は友人とランチにでかけました》
「元気で何より。美都里に訊きたいことがある」
《どうぞ》
「港湾局の赤井と食事をしたことがあると言ったが、赤井は、港南設計の三沢ぬきでも牡丹に通っていたのか」
《毎月一、二回、ほかの方と一緒に来られます》
「連れの名前を憶えているか」
《すこし待ってください》紙を捲る音がした。《ローズライフという会社の小野社長とは毎月……ＨＰＩの仁村様や、中元工務店の中元社長も来られています》
「その三人が一緒になったことはあるか」
《一度だけ……去年の十一月です。小野社長と仁村様、仁村様と中元社長の組み合わせもありました》

「そのどれにも三沢は同席していないのだな」
《そうです》
「支払いは誰や」
《すべて仁村様です。仁村様からも、赤井様の飲食代は自分に請求書をまわすよう言われています》
「三沢の場合は」
《係ではないので確かではありませんが、仁村様と一緒でないときは、三沢さんの支払いになっていると思います》
「赤井が店に来た月日と同伴者の名前をメールで送ってくれないか」
《いいですよ》
美都里の声音は変わらずあかるい。
「もうひとつ訊きたい。仁村だが、いま名前がでた以外に、誰と来る」
《おひとりで……あっ、ごめんなさい》
美都里が慌てふためくように言った。
「どうした」
《先日、鶴谷さんとお食事した日、初めての方と……三十代の男の方で、三十分もし

ないうちにお店をでられました》

「名前は」

《聞きませんでした。その方が帰られたあと、仁村様から、福富町のスナックのマスターだと教えていただきました》

「顔を憶えているか」

《はい》

「これからスマホで写真を送る。確認してくれ」

通話を切った。

美都里と話しているあいだ、強い視線を感じていた。

木村にスマートフォンを差しだした。

「これで、ベイドリームの清水の写真を送れ」

ソファにもたれ、おおきく息を吐いた。

物事が動きだすときはこんなものだ。好運も不運も怒濤の如く押し寄せる。

木村がスマートフォンをよこした。

手にした直後にふるえだした。

「はい、鶴谷」

《美都里です。写真の人で間違いないです》

「ありがとう。たまには東京に出てこい。菜花で飲もう」

《ぜひ》

美都里の声がはずんだ。

スマートフォンをテーブルに置き、煙草を喫いつけた。

木村が口をひらく。

「ようやく、つながりましたね」

「ああ。で、ゴルフ場の顧客リストのウラはとれたか」

木村から江坂の報告を聞いている途中で思いつき、美都里に電話をかけた。

「まもなく二つのゴルフ場の防犯カメラの映像が届きます」

鶴谷はボールペンを持った。

白紙に、HPI・仁村、中元工務店・中元、ローズライフ・小野、港湾局・赤井、内森一家・瀬戸と書き、仁村と中元、中元と小野、中元と瀬戸を線でつないだ。

「四千五百万円の原資はHPI……だとして、おまえなら誰を狙う」

「小野ですね」木村が即答した。「ローズライフは迂回の中継所です」

「仕事の取引のカネだと言い張ったらどうする。拷問にかけるか」

木村が首をひねった。

「鶴谷さんは誰を」

「赤井よ。ＨＰＩの仁村、中元工務店の中元、ローズライフの小野……赤井は三人と親しい。仁村と、中元、小野をくっつけたのは赤井やと思う」

頭の中には『牡丹』の美都里とのやりとりがある。

――港湾局の赤井と食事をしたことがあると言ったが、赤井は、港南設計の三沢ぬきでも牡丹に通っていたのか――

――毎月一、二回、ほかの方と一緒に来られます――

――連れの名前を憶えているか――

――ローズライフという会社の小野社長とは毎月……ＨＰＩの仁村様や、中元工務店の中元社長も来られています――

――その三人が一緒になったことはあるか――

――一度だけ……去年の十一月です。小野社長と仁村様、仁村様と中元社長の組み合わせもありました――

電話での会話のあと、美都里はメールを送ってきた。

「赤井の背後で絵図を描いているのが三沢や」

鶴谷はきっぱりと言った。

推測は確信に近づいている。

木村が低く唸る。

「赤井と対面するためにも、確証がほしい」

「全力を挙げます」

木村が語気を強めた。

スマートフォンがふるえだした。

手にとり、画面を見て腰をあげた。隣室に移る。

「何の用や」

《会いたいか》

「はあ」

《精神が悲鳴をあげとるやろ。わいが宥めたる》

「いらん」

《遠慮は後悔の元や》

「それも孔子様か」

《もはや、わいは孔子様の心境に達した》

「寝言を聞いているひまはない。切るぞ」

《待て。さっき東京に着いた》

「先代のお伴か」

《そうや。きょうはホテルでゆっくりされ、あした病院に行く。で、きょうしかおまえの相手をしてやれん》

「せんでええ」

《夕方、そっちに着いたら連絡する》

通話が切れた。

鶴谷は横をむいた。

灰色の窓に自分の顔がある。

窓ガラスにむかってほほえみ、隣室に戻った。

木村がお茶を淹れる。

「何だか、変な気分です」

「ん」

「WACもHPIも賄賂ずくめ……受け取るほうもまともじゃない」

「そんなもんよ。クリーンな企業なんてこの世には存在しない。ましてや、年間収益が六千億円とも八千億円ともいわれる利権を奪い合っている。ＷＡＣの二千五百万円もＨＰＩのカネと思われる四千五百万円も賄賂のごく一部に過ぎん」

「でしょうね」

木村がため息をついた。

「俺と組むのが嫌になってきたか」

「とんでもない」木村が声を張る。「しかし、金銭感覚が麻痺してきました。物事の善悪も……そのうち、理性も感情も消えてなくなりそうです」

「あるのか」

「えっ」

木村がのけ反り、すぐに頬を弛めた。

鶴谷はお茶を飲んだ。美味く感じた。

木村が真顔をつくる。

「ベイドリームのほうはどうしますか」

「店長の清水は放っておけ。どうせ、瀬戸の駒や」

「だとしても、仁村と接触したのでしょう」

「仁村がカネを渡したのだろう。カジノのレートが高く、客に貸付を行なっているのなら、百万円単位の廻銭資金が要る」

　木村が目を瞠る。

「ベイドリームの影のオーナーは仁村だと」

「わからん。が、和木がＷＡＣのデータを仁村に渡し、仁村は、ベイドリームを中継して対価を支払っている……そう読むのが筋や」

「ばかな男ですね」

「和木か」

「ええ。現金で受け取れば……」

「おなじことよ。ベイドリームを中継するのは、カネの流れを複雑にしようという仁村の思惑やろ。けど、和木にしてみればそんなことはどうでもいい。あぶく銭を元手に博奕で増やそうとする……博奕狂いの連中は、誰もがそう考える」

「救いようがない」

　木村がため息まじりに言った。

　鶴谷は煙草を喫いつけた。

「ベイドリームに関してはもうすこし煮詰める必要がある」

「どういうことですか」

「仁村はいつからベイドリームにかかわったのか。和木が遊びに来るのを見越してオープンさせたとは思えん。逆に言えば、和木はどうやってベイドリームがネットカジノをやっていることを知り、いつ仁村の誘いに乗ったのか」

「仁村か和木に聞くしかなさそうですね」

「そういうことよ」

鶴谷はさらりと返した。

これからやることの手順は頭の中にある。

そのとおりに事を運ぶため、木村らにはもうひと働きしてもらう。


ベージュのコットンパンツに白のポロシャツ、ネイビーのブルゾンを着て客室を出た。エレベーターで一階に降りる。

午後五時を過ぎて、白岩から電話があった。ホテルに着いたという。

白岩は窓際の席にいた。

見つけ、鶴谷は首をひねった。黒っぽいズボンに淡い黄色のサマーセーター。地味ではないが、原色を好む白岩にしてはおとなしい身なりである。

白岩と向き合い、声をかける。

「先代の体調はどうや」

「体力が回復したさかい、東京にお連れした。けど、如何(いかん)せん後期高齢者や。ちかごろは弱音も吐くようになって、気力が衰えてきたように感じる」

白岩が真顔で答えた。

ウェートレスにコーヒーを注文し、視線を戻した。

話しかける前に、白岩が声を発した。

「稼業はどうや」

「何とも言えん」

あっさり返し、これまでの経緯をかいつまんで話した。

細事は端折(はしょ)っても十分ほどかかった。その間にコーヒーが運ばれてきた。

口をはさまず聞き入っていた白岩が眉をひそめた。

「どいつもこいつも、反吐(へど)がでそうな連中やのう」

「毎度のことよ。おかげで、俺もおまえも飯が食える」

「認める。で、どう攻める」

「おまえには関係ない」

「そんなことをほざいたら罰があたる。わいは眠られんほど心配しとる」

「結果はいの一番に報せる」

「一番も何も、おまえにはわいしかおらん」

「おっしゃるとおりや」

鶴谷は素直に返した。

白岩の胸の内は読める。関東誠和会が気になっているのだ。ついさっき内森一家の瀬戸の名前を口にしたから、なおさら気を揉んでいるのだろう。

コーヒーを飲んで、話を続ける。

「心配はいらん。結果はどう転ぶかわからんけど、関係者は皆、マスコミの餌食になるような真似はせん。令和最大の利権がふいになる」

「それでも油断はするな。わいが港南設計と手を組んでいれば、おまえを攫い、天城(あまぎ)の山中に埋める」

「あほくさ。それができるようなら、おまえは大阪城を金庫にしている」

白岩がにやりとした。

右頰の古傷が開きそうだ。

「光義、おまえは天守閣から眺めていろ」

「しゃあない。今回は先代のお伴や。親孝行に励んだる」

「それでええ。すこし早いが、飯を食いに行こう」

「あかんのや。先約がある」

「誰と」

「黒田さんよ。律儀な人や。先日、姐さんの誕生日に祝いの品が届いた。きょうは姐さんの名代で、食事にお誘いした」

鶴谷は頷いた。

大阪にいたころは先代にも姐にも世話になった。白岩同様、実の息子のようにかわいがられた。鶴谷も夫妻の誕生日には祝いの品を届けている。

頷いたのは別のことだ。

白岩がおとなしく引きさがった理由が読めた。

側面支援。瀬戸にとって関東誠和会若頭の黒田は伯父貴にあたる。白岩が詳細を語らずとも、黒田の存在は足枷になる。

それでも安心はできない。どこの組織にも向う見ずな野郎はいる。

「仕事の片が付いたらご挨拶に伺うと、伝えてくれ」

白岩が目をまるくした。

思いもよらない言葉だったか。

鶴谷は伝票を手にした。

心の充電は済んだ。


両腕をひろげて深呼吸をくり返した。

狭い空間に長時間いると息苦しくなる。かれこれ三時間、アルファードに乗ってい
た。移動中はそとの風景が変わるのでそうでもないのだが、一箇所に留まっていると
精神が駄々をこねる。桜木町のオフィス街に車を停めて小一時間が過ぎた。

「鶴谷さん」

木村の声がして、車に戻った。

「映像が届きました」

言って、木村がパソコンの画面をずらした。

「ゴルフ場のサロンの防犯カメラです」

正面に三人の男が映っている。

右にいるのは港南設計の三沢だ。肩をならべる男が笑っている。

「となりにいるのは中元工務店の社長、うしろがローズライフの小野です。これは三
月二十三日……ローズライフの口座に中元工務店から九百万円が振り込まれた日の三

日後です」木村が画面をスクロールする。「二月もこのとおり……去年十一月から、振込があった日の週末に三人でゴルフをしています」

木村が目を合わせた。

鶴谷の言葉を催促している。自分の推測を確かめたいのだ。

「まわりくどいことを」

独り言のように言った。

三沢はそれだけ慎重な男なのだろう。

「内森一家の瀬戸と一緒の映像はないのか」

「三沢と瀬戸は一緒にラウンドしていません。瀬戸はゴルフ場で青木陽一郎という偽名を使っており、中元とは月に一回から三回ラウンドしています。その半分はローズライフの小野が一緒でした」

「港湾局の赤井は」

「ゴルフはやらないようです」

鶴谷は座席にもたれた。

木村が続ける。

「残念ながら、カネが動いたような映像は見つかりませんでした」

「当然や。そんな間抜けなら、こんな面倒な真似はせん」

眉をひそめたあと、木村が視線をふった。

左側のオフィスビルを怒ったような目で見つめる。

「あせるな。そのうちチャンスが来る」

「ひとりになったら攫うのですね」

「車には乗せん」

そっけなく返した。

長島という男を監視している。赤井の義理の甥で、損保会社に勤務している。調査員の報告によれば、優秀な営業員らしく、毎日得意先を回っているという。

三時間の監視中に接触する機会はなかった。部下なのか、昼過ぎに損保会社を出たときから黒のスーツを着た若い女が同行している。

「出てきました」

木村が声を発した。

オフィスビルの前で、長島と女が立ち話を始めた。

ここから先は別行動か。

「喫茶店で話をする」

言い置き、鶴谷はドアを開けた。

案の定、長島はひとりでＪＲ桜木町駅のほうへ歩きだした。

追いつくなり、声をかける。

「長島さんですね」

「そうですが……あなたは」

長島が顔をむけた。足が止まる。

「鶴谷です」

優信調査事務所の名刺を差しだした。

「三友銀行に口座を持っていますね」

「えっ」

「あんたの口座が犯罪に使われた疑いがある」

「そんな……」

絶句し、目を剝いた。身体がゆれる。

前置きも説明も省き、威し口調で畳みかける。いつもの手法である。それで大抵の者は動揺する。食ってかかる者もいるが、冷静さは失っている。

鶴谷は目でも凄んだ。

「思いあたるふしがあるようだな」

「…………」

長島が口をぱくぱくさせた。

言葉が思いつかないのか。声にならないのか。

「俺は民間の調査会社の調査員……ある企業からの依頼で動いている。調査に協力してくれたら、悪いようにはせん。しなければ、警察に委ねることになる」

「わかりました」

か細い声で答えた。


近くの喫茶店に入り、壁際の席で向き合った。

長島の顔は青ざめたままで、くちびるは小刻みにふるえている。

ウェートレスに二杯のコーヒーを頼んだ。

全席禁煙の店だが気にしない。長居をするつもりはない。

ジャケットの内ポケットから紙を取りだし、ひろげて差しだした。

長島が手に取る。目の玉がこぼれかけた。

「これは……」

「何をおどろく。あんたの口座の履歴やないか」

長島が視線をあげた。

「どうやってこんなものを……」

抗議するような目つきになったが、一秒と持たなかった。

「ことしの三月二十日、百万円の入金がある。これはどういうカネや」

「知りません」長島が激しく頭をふる。「ほんとうです」

「あんたの口座や。知らんでは済まされん」

突き放すように言った。

ウェートレスがコーヒーを運んできた。

長島は見向きもしない。

「よく見ろ。去年の十一月からことし三月にかけて、百万円の入金が五回ある。どういうことか、説明しろ」

言って、コーヒーを飲んだ。

長島が口をひらく。

「この口座の通帳もキャッシュカードも自分は持っていません」

弱々しい声音だった。

「誰が持っている」

「義理の叔父です」

「名前は」

「…………」

「正直に話せ。身のためや」

長島が咽を鳴らした。

空唾と一緒に不安をのみ込んだか。

「赤井学……市役所に勤めています」

「部署と役職は」

「港湾局の局長です」

「その赤井局長に、どうして通帳とキャッシュカードを預けた」

「預けたのではありません。口座をつくってくれないかと、頼まれたのです」

鶴谷は頷いた。

クラブ『皐月』で働いていた門田希実のケースとおなじである。長島の口座は昨年十月末に開設されていた。

「理由を聞こう」

「叔父は、ファイナンス関連の副業を始めたそうです。横浜市は職員の副業を認めていないので、管理職の自分はきびしく処分されると……それなら止めるよう言ったのですが、義理のある人から持ちかけられたのでことわれないと……だから、口座を使わせてほしいと頼まれました」

「ことわらなかったのか」

「ことわれませんでした」

「ああ。大手損保会社の営業員……成績は優秀と聞いた」

横浜支社では常に三位以内に名前を連ねている。

「それも叔父のおかげなのです。叔父の紹介で企業や個人事業主を訪問すれば、どこも丁寧に応対してくださいます」

それはそうやろ。声になりかけた。

「振込人に心あたりはあるか」

長島が入出金明細書を見て、すぐに顔をあげた。

「ローズライフの小野社長とおなじ名前です」

「小野とあんたの関係は」

「お客様です。叔父に紹介していただきました」

「ローズライフの取引先で、中元工務店を知っているか」

「はい。そちら様も叔父に紹介していただきました」

「中元工務店の誰を」

「中元社長です。市の港湾局は昭和の昔から中元工務店と縁があるそうで、叔父も中元社長と親しくしていると聞きました」

「三人はおなじ穴のムジナよ」

「…………」

「賄賂や。赤井が関与している」

断定口調で言った。

長島に疑念を抱かせる隙は与えない。

ローズライフの小野は、毎回、中元工務店から振り込まれた日に八百万円を引きだしたあと、百万円を自分の個人口座に移してから長島の口座に振り込んでいた。一連の行動はATMの防犯カメラの映像で確認済みである。

「こんなことになるなんて」

つぶやき、長島が肩をおとした。

「うそは吐いてないか」

「はい。天地神明に誓って」

「なら、約束せえ」

「何を……ですか」

「このこと、赤井に言うな。話せば、共犯と見なす」

「わかりました。誰にも喋りません」

「証人になれるか」

「えっ」

長島が眉を曇らせた。こまり果てたような顔になる。

理由は明快。その場しのぎの言葉など、そよ風にも吹き飛ばされる。

★　　　★

どんよりとした雲に覆われ、大岡川沿いの黄金町の街はくすんでいる。

うっとうしいことこの上ないが、雨粒が落ちてこないだけでもましである。

眼の前を中年の女が近づいてきた。黒のショルダーバッグを襷に掛けている。道路向かいのマンションの前で立ち止まり、ハンドタオルを顔にあてた。肩で息をし、マンションのエントランスに入った。メールボックスに紙を挿し込む。
チラシ配りか。
住民の大半にとって迷惑な行為だろう。が、配る者には飯のタネである。
――住民の方と出会(でくわ)し、腕を摑まれ、怒鳴られました――
聞き込みのさい、ある女が肩をすぼめながら話した。
どんな仕事にも不安や恐怖はついてまわる。
以来、仕事に関してあれこれ考えないようになった。
中年の女がマンションから出てきた。
江坂は空を見上げた。
雲は虫が這うかのように動いている。
降るのか、降らないのか、はっきりしろ。怒鳴りつけたくなる。
携帯電話がふるえだした。相手を確認し、イヤフォンにふれる。
「江坂だ」
《照井です。女は福富町のソープランドに入りました。従業員の出入口です》
江坂は腕の時計を見た。午後五時を過ぎた。
「戻ってこい」

通話を切り、マンションに目をやる。

五階には『ベイドリーム』の店長、清水が住んでいる。

県警本部の東口によれば、清水は執行猶予中にガールズバーでアルバイトをしていた女と同棲を始め、それからひと月も経たない内に女はソープランドで働きだしたという。同時に、清水と女はアパートからマンションに移った。

ろくでなし野郎に惹かれる女がいるという。が、そんなことでは片付けられない時代になった。指先で軽く押されただけで人生を変える者もいる。

それが良いのか悪いのか、判別できない時代でもある。

棺桶に片足を突っ込んだときにわかる。

いつのころからか、江坂はそう思うようになった。

また、携帯電話がふるえだした。


相棒の照井を福富町に残し、大岡川の橋を渡った。

清水は午後六時に黄金町のマンションから出てきた。スーパーに立ち寄って買い物をしたあと『ベイドリーム』に入った。

野毛町にあるスナックの扉を開ける。

おととい、『ベイドリーム』の客の廣田に連れて行かれた店だ。

——店の従業員のことでわかったことがある——

夕方にかかってきた電話で、廣田はそう言った。

廣田がきのうも『ベイドリーム』に行ったことは知っている。そのことにはふれず応諾し、午後八時にスナックで待ち合わせる約束をした。

すでに廣田は来ていて、カウンターの端で煙草をくゆらせていた。ほかに二人の男がベンチシートに座り、店の女と喋っている。

「待たせましたか」

廣田に声をかけ、となりに腰をおろした。

ママに水割りを頼んでから廣田に話しかける。

「何がわかったのですか」

「三人目の男さ」そっけなく言う。水割りをあおるように飲み、続ける。「あれはサクラだな。あんたに言われて気づいた」

「行ったのですか」

「きのう……ひまなもんで」

ママが水割りをつくって離れた。

グラスに口をつけ、視線を戻した。

「どんな男ですか」

「三十過ぎの、痩せた男さ。何度か顔を見ていたが、ヒットするたびにはしゃいで、うるさいやつだと思っていた」

「名前はわかりますか」

「店長がコージって……呼び捨てにしたからぴんと来たのさ。で、あんたの話を思いだし、帰り際に誘ってみた」

「ほう」

江坂は目をまるくした。

造作もない演技である。

日付が変わる前、廣田が細身の男と『ベイドリーム』を出たのはわかっている。同僚によれば、近くのバーに一時間ほどいたという。

そんな情報はおくびにもださない。

「何者ですか」

「コージは港で働いているそうだ。ベイドリームの店長とは十代のころからの顔見知りらしく、たまに店を手伝っているとも言った」

「名前は訊かなかったのですか」

「あんた」廣田が目をとがらせる。「俺を責めてどうする。ゴチになったから連絡したんだ。きのうのバーの飲み代も俺持ちなんだぜ」

「申し訳ない」

素直に詫び、ブルゾンのポケットから祝儀袋を取りだした。十万円が入っている。廣田からの電話のあと用意したものである。

何食わぬ顔で受け取り、廣田が上着のポケットに収めた。

江坂は水割りで間を空けてから質問する。

「あの店に、やくざは出入りしていませんか」

廣田が眉間に皺を刻んだ。

「あんた、写真の男のことを調べているんじゃないのか」

「そうです。彼の身辺調査をしています。いくら仕事ができようとも、暴力団関係者とつながりがあれば、企業は採用しません」

「ふーん」

「で、どうなのですか」

「知らない。知っていても喋りたくない。わかるだろう。こう見えても、まともなサラリーマンなんだ。家に帰れば妻と子がいる」

「そうですね」

江坂はあっさり引きさがった。


職場の同僚が来るという廣田を残し、スナックをあとにした。

大岡川へむかって歩く。

湿気が増したか、胸のあたりが重苦しい。期待はずれの情報だったせいもある。

小遣いを稼げるとでも思ったか。

斟酌しても始まらない。調査にむだは付きものである。

背後から足音がする。二人か、三人か。足音がおおきくなった。

江坂は足を速めた。嫌な予感がする。

つぎの路地角を曲がればひろい通りに出る。その先は大岡川だ。

左に折れた途端、左腕に衝撃を受けた。顔がゆがむ。

待ち伏せされたか。背後に気を取られすぎた。

大柄な男が鉄パイプをふりかざした。

かろうじて避け、男の足を払った。よろけたところに、右の拳を見舞う。顎を捉えた。男が膝から崩れ落ちる。

肩で息をしたときは三人の男に囲まれていた。

中央に細身の男がいる。

どうやら廣田に嵌められたようだ。

「やれ」

細身の男が声を発した。

二人の男が左右に離れる。小柄な男が背をまるめ、突進してきた。同時に、ずんぐりとした男が木刀を構える。

江坂は体を開いて突進をかわし、木刀を持つ男に飛びかかった。シャツの襟を摑んで内股をかける。そのまま身体を預けた。

男は倒れない。逆に、身体を抱きかかえられた。

背骨が軋んだ。呼吸ができない。右の親指で相手の目を突いた。

奇声を発し、男が両腕を放した。

身体が自由になる。が、それも一瞬だった。

小柄な男の体当たりは避けきれなかった。

左脇腹に異物が入ってきた。

見るまでもない。

「逃げろ」

細身の男が叫んだ。

★

★

テーブルの携帯電話がふるえた。

「木村だ……もしもし……木村だ」

木村が声を張りあげる。〈スピーカー〉を押した。

顔から血の気が引いている。

「江坂のケータイです」

木村の声に男の声がかさなった。

《こちらは横浜消防局の者です。このケータイの持主を知っていますか》

「江坂孝介……何があったのですか」

木村も早口で言った。

《脇腹を刺されています。ケータイの発信ボタンを押し、気を失いました》

「傷の程度は」
《何とも……ナイフが刺さったままです。これから救急車で搬送します》
「現場は」
《野毛町。大岡川の近く》
「どこの病院ですか」
《いま確認中です。搬送先が決まり次第、連絡します》
通話が切れた。
木村が携帯電話を見つめている。
「江坂は野毛で何をしていた」
「わかりません。きょうはベイドリームの清水を監視していて、六時半ごろ、清水が店に入ったとの報告を受けました」
言って、携帯電話にふれる。
《はい。照井です》
「木村だ。江坂はどこにいる」
《ベイドリームの客に会うと……おととい接触した男です》
「了解」

通話を切り、木村が目を合わせる。

「野毛町のスナックでしょうか」

「…………」

鶴谷は首をひねった。

木村の携帯電話が鳴る。

《搬送先は中区の中央総合病院……中華街の近くにあります》

「ありがとうございます」

鶴谷は運転席の調査員に声をかける。

「中央総合病院へむかえ」

運転手がブレーキを踏み、ハンドルを切り返した。

港湾局の赤井が乗るタクシーを追尾し、高台へむかって走っていた。あと数分すれば赤井の自宅に着く。タクシーを降りたところで接触する予定だった。

木村にも話しかける。

「和木はどこや」

「確認します」携帯電話でやりとりする。「まだ会社にいる模様です」

答え、タブレットを見る。

「位置情報も会社を示しています」

「監視を強化しろ。俺が着く前にあらわれたら身柄を確保せえ」

木村が電話で指示をする。息を吐き、視線をむける。

「このまま和木の会社にむかいましょう」

「あかん。江坂には恩義がある」

血を分けてもらった。緊急輸血である。おかげで、生きている。

「しかし、病院には警察が……」

「関係ない」

ぴしゃりとはねつけた。

木村が眉をひそめた。すぐに口をひらく。

「わかりました。自分が現場で指揮を執ります」

「江坂がベイドリームの関係者に襲われたのなら、ワークスの和木も狙われる。くれぐれも用心しろ」

鶴谷は窓のそとを見た。

遠く、船燈が闇にゆれている。街の灯の上、黒い雲がうごめいた。

リノリウムの床を踏む音が通路に響く。

ＩＣＵの窓から灯がこぼれていた。

その前に男が三人。グレーの制服を着ているのは横浜市消防局の救急隊員か。ファイルを片手に制服警察官と立ち話をしている。

近づき、ファイルを持つ男に声をかける。

「急患の身内です」

三人の男の視線を浴びた。

「あなたの名前は」

年輩の警察官が言った。

無視し、話を続ける。

「容態は」

「わかりません。手術は始まったばかりです」

頷き、ＩＣＵの窓を見た。

煌々と照明がともっている。白いカーテンに遮られ、手術台は見えない。

年輩の警察官が肩をならべる。

「ご心配でしょう。が、ご協力ください」

「鶴谷」

名刺を差しだした。優信調査事務所のほうだ。

それを手にし、警察官が口をひらく。怪訝そうな目つきになっている。

「被害者とは」

「同僚です」

「先ほど身内だと……」

「身内も同然……悪いが、あとにしてくれませんか」

食ってかかるようなもの言いになった。

身体の芯がふるえた。幾つもの感情が渦巻いている。

警察官が口をつぐんだ。

白いカーテンがゆれ、水色の制服を着た女があらわれた。

看護師がドアを開けるや、鶴谷は女の前に立った。

「どうです、容態は」

「あなたは」

「身内の者です」

「左脇腹を刃物で刺されています。深さは約四センチ、さいわい、致命傷になるものではないと思われます。オペは続いていますが、順調です」

「血は」

「えっ」

「おなじ血液型です」

看護師の頬が弛んだ。

「いまのところ、輸血の必要はありません」

看護師が立ち去った。

入れ違いに、二人の男がやってきた。ホテルの作戦本部に常駐する男らだ。片割れがちらりと警察官を見て話しかけた。

「鶴谷さん、ここは自分らが」

「頼む。手術は順調らしい。命には別状なさそうだ」

「よかった」

二人の調査員が眦（まなじり）をさげた。

夜間専用出入口を出たところでスマートフォンを耳にあてた。

《木村です》

「江坂は助かりそうや」

鶴谷は、看護師の話を聞かせた。

木村が吐息を洩らした。

《ついさっき、県警本部の東口警部から連絡がありました》

「知り合いだったのか」

《いいえ。東口は公安部署なので、自分の情報など造作もないでしょう》

「東口は何と言った」

《警察のほうはまかせろと……病院にむかう途中だとも言いました》

鶴谷も息を吐いた。

カネが効いたか。保身のためか。

いずれにしても、強力な援軍になってくれそうだ。

「和木は」

《まだ、あらわれません。位置情報も動きません》

「周囲はどうや」

《不審な者は見あたりません。現在、六人で監視中です》

「事件のあとや。警察にも注意しろ。俺は、これからむかう」

返事を聞かずに通話を切った。


タクシーを降り、路肩に停まるアルファードのドアを開けた。

木村が顔をむける。

不安の気配は消せないようだ。が、目には力がある。

木村の正面に座った。

「どのビルや」

木村が道路向かいを指さす。

「グレーの、細長いビルです。ワークスは五階にあります」

「人の出入りは」

「出てくる者はいても、入る者はいません」

鶴谷は腕の時計を見た。

午後十時になるところだ。

「これまでもこんな時間まで会社にいたことがあるのか」

「一度だけあります。和木の退社時刻はまちまちです」

鶴谷は煙草を喫いつけた。

「江坂に家族はいるのか」

「…………」

木村が目をしばたたいた。

意外な質問だったか。

鶴谷は、調査員の個人情報を聞いたことがない。聞けば負荷になる。距離感がずれることにもなりかねない。そうなれば決断力が鈍る。木村もおなじである。家族構成は知っているが、家族の日常は知らない。

「妻と娘がひとり……高校三年生です」

「報せたか」

「はい。鶴谷さんを病院で降ろしてすぐに……住まいは江戸川区の小岩なので、十一時ごろには病院に着くと思います」

頷き、煙草をふかした。

不味い。咽がひりひりする。消して、窓のそとに目をやった。

パトカーがのろのろ走行している。赤色灯は点いているが、音はない。

「さきほど訊問を受けました」

木村の声に、視線を戻した。

「都の認可書と身分証を提示すると、照会することなく立ち去りました」

「犯人はまだ捕まっていないのか」

「そのようです」

答えながら、木村がイヤフォンにふれた。

短いやりとりのあと、目を合わせる。

「エレベーターが五階で停まりました」

オフィスビルの中にも調査員が潜んでいるようだ。

鶴谷は車を降り、ビルのほうへ歩いた。

木村も下車し、助手席に移る。アルファードが動きだした。


エントランスから男が出てきた。

スマートフォンを耳にあてている。ジーンズに格子縞のボタンダウンシャツ。ワークスの和木だ。何枚も写真を見ている。

和木がスマートフォンをショルダーバッグに収め、左右を見る。

鶴谷は近づき、鼻面を合わせた。のんびりしているひまはなさそうだ。

「和木だな。ベイドリームのことで訊きたいことがある」

「…………」

和木が目を白黒させる。

「一緒に来い」

左腕をとった。

「約束が……」

「うるさい」

怒鳴りつけ、引きずるようにしてアルファードに乗せた。

急発進する。

和木の動きを見て、木村も危険を察知したか。

「木村だ。追ってくる車があれば、進路をさえぎれ」

《了解です》

男の声がした。

無線でのやりとりのようだ。

和木が口をひらく。

「警察の人ですか」

「違う」

「なら、降りる」

声を荒らげ、和木が腰をうかした。

鶴谷は右腕を伸ばした。拳が顔面を捉える。鈍い音がした。うめき、和木が背をまるめる。抵抗する気は失せたようだ。

「解放してやってもいい。が、ひとりになったら、おまえは殺される」

「…………」

和木が目を見開いた。

「さっき、誰と話していた」

「…………」

口をもぐもぐさせたが、声にならなかった。

代わりに、電子音が鳴りだした。

和木がショルダーバッグを見る。

「スマホをだせ」

顔をしかめ、和木がショルダーバッグを開けた。

スマートフォンを奪い取り、〈スピーカー〉にふれる。

《清水だ。どこにいる》

声が怒っている。

鶴谷は通話を切り、着信履歴を見て電源も切った。

後方には優信調査事務所のセダンがついている。

アルファードが高速道路にのった。

鶴谷は和木を見据えた。

「福富町のベイドリームで何をしている」

「知っているのだろう」

和木がうらめしそうな目をした。

「質問はするな。答えろ」

「ネットでバカラを」

「いつから。どうやってベイドリームを知った」

「去年の暮れ、カジノゲームをやっているネットカフェで声をかけられた」

「そいつの名前は」

「清水……ベイドリームの店長」

「さっきの電話の男やな」

「そう」

「会う約束をしたのか」

「急な話があると言われて」

「清水とは店のそとでも会っていたのか」

「初めて誘われた。仕事の途中だったけど、ことわれなかった」

「バカラに嵌って、取立てを食らっているのか」

「冗談じゃない。店に借りなんてない」

「そのようやな」

　鶴谷はテーブルの紙の一枚を指さした。

「おまえの口座の明細書や。振込人の吉村一夫とは何者や。清水か」

「知らない。ほんとうだ」

「バカラの勝ち負けのカネというのは認めるか」

「ああ」

「妙やのう。先々週の金曜も先週の金曜も、おまえは負けた。それなのに、吉村は週明けの月曜、カネを振り込んだ……どういうわけや」

「…………」

和木がそっぽをむく。

鶴谷は殴りつけた。

和木の身体がゆれた。目の玉が飛びだしそうになり、見る見る血の気が引いた。鼻の穴から血が垂れ、くちびるを濡らす。

テーブルの端にある写真を手にとり、三枚を和木の前にならべた。おなじ人物である。ＨＰＩの仁村を盗み撮りしたものだ。

「こいつは誰や」

和木が頭をふる。

血が飛び散った。

和木のシャツを掴み、引き寄せる。

「やめてくれ」

声が裏返った。

「誰や」

「名前は知らない。ほんとうです、信じてください」懇願するように言う。「ベイドリームの店長に紹介されました」

丁寧なもの言いに変わった。

「いつのことや」

「ことし三月の中ごろでした。負けが続いて支払いが遅れていたとき……店長に誘われて喫茶店で話しました。アルバイトをしないかと……」

鶴谷は手でさえぎった。

「支払いが遅れても、店はおまえに廻銭をまわしたのか」

「そう。勤務先を教えていたから安心していたのでしょう」

鶴谷は顔をしかめた。

あまい。そのひと言は口にしない。言うだけ、むだである。

「で、乗ったのか」

「簡単なことだと……五百万円と聞いて、つい……」

鶴谷は写真を指さした。

「この男に何を頼まれた」

「ある会社のデータを盗むよう言われました」

「どこの会社や」

「ＷＡＣという会社です。ワークスの顧客です」

「具体的な指示はあったか」

和木がこくりと頷く。

顔に血の気が戻ってきた。口もなめらかになっている。

「WACと港南設計のやりとりを記録したデータと、港南設計が手がけているIR事業の基本設計に関するデータを盗むよう頼まれました」

「いつ、実行した」

「四月十日です。この人は」写真をさした。「ワークスが三か月に一度、WACのコンピューターのシステムセキュリティーを点検するのを知っていました。俺がWACの横浜営業所を担当していることも」

「おまえは、認証パスワードを知っていたのか」

「もちろんです。コンピューター技術の進歩はめざましいので、完全防御と思えるシステムでも半年に一度、早ければ三か月に一度、システムを変更します。認証パスワードをふくめ、自分らが作成したシステムプログラムを社員に教えるのです」

「そうかい」

鶴谷はぞんざいに返した。

自慢そうに言うことか。

煙草をくわえ、火を点けた。ゆっくりとふかす。

和木の目がまた落ち着かなくなった。

「盗んだデータをいつ渡した」

「翌日です」

「報酬は」

「その場で百万円もらいました。残りの四百万円は、ベイドリームの口座から振り込むと言われました」

「キャッシュでよこせとは言わなかったのか」

「言える立場では……話がこじれたら元も子もなくなります」

「…………」

返す言葉が見つからない。

木村の報告を思いうかべた。

――ゴールデンウィーク明けの七日、吉村が六十五万円を振り込んでいます。五月十五日が三十五万円、二十二日は十八万円……いずれも吉村から和木へ。ゴールデンウィークまでは和木のほうからの振込がめだちます――

六月十日の三万円をふくめ、直近四回の振込額は、百万円から直前の負け分を差し引いたものだろう。

「いまの話、証言できるか」

「ええっ」

和木が顎を引いた。

「清水はやくざや。おまえの口を封じる」

「そんな……」

「警察に保護してもらうか。そのまま刑務所送りになるが」

「…………」

和木が口元をゆがめた。

もう相手にしない。木村に声をかけた。

「録音したか」

「はい。ばっちりです」

「こいつをホテルに運べ。供述調書を作成し、自宅を調べろ」

「身柄は」

「仕事が片付いたら解放する」

言って、目をつむった。ゆっくり首をまわす。

和木と面と向かっているのが苦痛になってきた。

民家から中年の女があらわれた。両手にゴミ袋を提げている。別の家から二人の子どもが飛び出てきた。笑顔をふりまき、かたわらを通り過ぎる。

住宅街の風景が動きだした。まもなく午前七時半になる。

鶴谷はブルゾンのポケットをさぐった。スマートフォンがふるえている。

「女にふられて眠れなかったのか」

《成長したのう》

「はあ」

《おもろいことも吐かせるようになった》

「うるさい。用を言え」

投げやりに言った。

口では白岩に敵わない。抗うだけ疲れる。

《さっき、黒田さんから電話を頂戴した》

神妙なもの言いに変わった。

返す言葉をさがしているうちに声が届く。

《なんで、連絡をよこさんのや》

「わかりきったことを訊くな」

《しょうもない気遣いはやめんかい。木村の部下の容態は》

「手術は成功した。分厚い脂肪のおかげで内臓の損傷がすくなくて済んだ。ナイフで抉られなかったのもさいわいしたようや」

《気休めにもならんことを……》

「全治二か月。十日ほどで退院できるとも聞いた」

二時間前まで病院にいた。

ワークスの和木をホテルに運んだあと、病院に行った。手術はおわっていた。江坂は麻酔で眠っており、ＩＣＵの窓越しに姿を見ることしかできなかった。江坂の妻と娘が来ていた。娘はＩＣＵから出てこなかったが、妻とは話ができた。

夜明け前に木村も来て、祈るような顔で江坂を見守っていた。

午前六時に病室を去り、港湾局の赤井の自宅へむかったのだった。

《黒田さんがたいそう心配されていた。テレビのニュースで事件を知ったと……被害者が東京の調査会社の調査員だと聞いて、おまえがうかんだそうや。で、黒田さんは情報を集め、深夜に内森一家の瀬戸を呼びつけた》

「襲ったのは瀬戸の身内か」

《黒田さんは肯定も否定もせんかった。当然や。身内を売るような真似はできん。瀬戸も事件への関与を否定したそうな。けど、これ以上の手だしはせん。黒田さんが瀬戸を呼びつけたんは瀬戸の動きを封じるためやと思う》

教えられるまでもない。

「黒田さんには、ご心配をおかけし、申し訳ないと伝えてくれ」

《仕事に支障はないか》

「ない。あっても、やり遂げる。またな」

通話を切った。

木村が口をひらく。

「白岩さんが動いているのですか」

「あいつは、動かん」

白岩の話を聞かせた。

木村が何度も頷く。

自分を納得させているようにも見えた。

ほどなく、斜め前方の家の門扉が開いた。

赤井が近づいてくる。

紺色のスーツに茶系のネクタイ。左手に鞄を提げている。

鶴谷は赤井の前に立ちふさがった。

「赤井さん、話がある」

「あなたは誰です」

「鶴谷……そう言えばわかるやろ」

赤井が眉をひそめた。

「わからない。そこをどきなさい」

部下に命じるようなもの言いだった。

鶴谷は右手を挙げた。

アルファードのうしろからセダンがあらわれた。鶴谷の横で停まる。

赤井が目を見開く。

セダンの後部座席には赤井の義理の甥の長島が乗っている。

「どうして君が……」

つぶやき、赤井が動きかける。

セダンが走りだした。

赤井が顔をむける。

「彼を、どうする気だ」

「あんた次第……この場を立ち去れば横浜地検に届ける。ついでに、マスコミ各社をハシゴする。もちろん、手みやげ付きよ」

「……………」

赤井がくちびるを噛む。細面に赤みがさした。

「車に乗るか」

「いいだろう。が、変な真似をすれば警察に訴える」

「好きにさらせ」

赤井を押し込むようにしてアルファードに乗せた。

長居は無用だ。先ほどから住民がこちらを見ている。

鶴谷は、凄むように赤井を見据えた。

「おまえは人間か」

「はあ」

「実の妹の夫、女房の兄の子……親族を犯罪に巻き込んだ」

「何を言うか」

赤井が唾を飛ばした。

こめかみの青筋がふくらみ、頬が痙攣している。

「吼えるな」

一喝し、三枚の紙をテーブルにならべた。

ローズライフの小野と損保会社勤務の長島の個人口座および中元工務店インテリア部の口座の入出金明細書である。中元工務店は、社名の口座のほか、内装工事部とインテリア部の口座を開設していた。

インテリア部の口座の入出金明細書にＨＰＩ東京支部の名前がある。

国税庁や税務署の査察に備え、収支の帳尻を合わせる必要があったのだろう。ＨＰＩからの入金はインテリア家具の購入代金、ローズライフへの出金は下請代金。犯罪事案が絡まなければそれで押し通せる。最悪でも追徴課税を納めれば事は済む。

鶴谷は、長島の口座の入出金明細書に右の人差し指を立てた。

「この口座の通帳とキャッシュカードをだせ」

「そんなもの……持ってない」

「甥っ子をうそつきにするのか。長島は、おまえに恩義があると……口座が犯罪に利用されていると知って渋々話してくれた」

「でたらめだ。長島を攫い、威したのだろう」

「どうであれ、事実は事実」人差し指を中元工務店のほうに移した。「去年の十一月からことし三月にかけて計五回、HPIが振り込んだ総額は五千万円。そのうち四千五百万円がローズライフの口座に移った。HPIから中元工務店、中元工務店からローズライフ……ローズライフの小野は、即日、八百万円を引きだしている。直後、百万円を自分の口座に入れ、長島の口座に振り込んだ」

「それがどうした。どう犯罪になる」

「小野が長島の口座に振り込んだ計五百万円は何のカネや」

「借金だ……出費が嵩んで……恥ずかしながら、小野くんにむりを頼んだ」

　赤井が途切れ途切れに言った。

　懸命に頭を働かせているのがひしひしと伝わってくる。

「借金するのに、わざわざ長島に口座をつくらせたのか」

「女房にばれるのが恐かった。わたしの通帳は女房が持っている」

「長島の口座のキャッシュカードを持っているのは認めるんやな」

「……………」

　何か言いかけたが、声にならない。

鶴谷は畳みかけた。

「手渡しは望まなかったのか」

「わたしも、小野くんも忙しい」

「つまり、借金は急を要したというわけか」

「そうだ」

「おまえの目は節穴か」

「えっ」

「明細書をよう見い。急を要し、恥を忍んで義理の弟から借金したのに、五百万円は口座に眠ったままや。この口座、出金は一度もない」

「……………」

赤井の瞳が固まった。

頭の中が混乱を来したか。

鶴谷は、助手席の木村に声をかけた。

「行く先変更や。ローズライフにむかえ」

「はい」

木村が即答した。

「停めろ」赤井が金切り声を発した。「わたしは降りる」

「止めはせん。けど、長島がどうなってもええのか」

「うっ」

低くうめき、赤井が顔をゆがめた。

鶴谷は煙草をくわえ、火を点けた。ゆっくりふかし、赤井に話しかける。

「おまえは賢い。知恵がまわる。不測の事態に備え、現金では受け取らなかった。口座のカネに手を付けなかったのも、事情聴取を受けたさいに言い逃れるため。そこまで慎重な男なのに、たかが五百万円……どうして受け取った」

「…………」

「港南設計の三沢に逆らえなかったのか」

「…………」

赤井がうなだれる。

鶴谷は顔を寄せた。

「HPIから中元工務店に五千万円、そのうちの四千五百万円がローズライフに渡った。中元工務店とローズライフの口座に残った五百万円、長島の口座に入った五百万円……残りの三千五百万円はどこに消えた。三沢の懐か」

「知らない」

　赤井が顔をあげた。すがるようなまなざしになる。

「とぼけるな。小野とおまえの妹は三沢の仲立ちで結婚した。おまえと三沢が蜜月の仲なのは先刻承知よ」

「そう言われても……五千万円なんて……」

「初めて聞いたか」

「………」

　赤井がぽかんとした。

　顔は壊れた信号機のようになった。

　鶴谷は煙草で間を空けた。

「ところで、ＨＰＩの仁村に会ったことはあるか」

　赤井がちいさく頷く。

「いつ、どうやって知り合った」

「去年の秋だったか、三沢常務に紹介された」

「何回会った」

「数回……食事に誘われた」

「三沢も一緒か」

「そうじゃないときもあった」

「三沢以外の誰かと一緒だったことはあるか」

「……………」

　赤井が口を結んだ。顔が強張っている。

「答えろ。おまえが関内のクラブ牡丹で遊んでいるのも承知よ」

「そんなことまで……もう喋らん」

　鶴谷は、木村に声をかけた。

「こいつは根っからの腐れや」

「そのようですね」

「調査報告書を添え、長島を横浜地検に渡せ。マスコミ各社に連絡し、その場に立ち会うよう要請しろ」

「承知しました」

　木村が言いおえる前に、声がした。

「待て」赤井が前のめりになる。「待ってくれ。それは……こまる」

　煙草をふかしてから話しかける。

「誰と遊んだ」

「知っているのだろう」

「おまえの口から聞きたい」

赤井が顔をゆがめる。ひと息ついた。

「小野くん……仁村さんと、中元社長……」

慎重なもの言いになった。

言質をとられたくないようだ。

「HPIの仁村とは三沢の紹介で知り合ったそうやな」赤井が目で頷くのを見て続ける。「仁村と、中元、小野をくっつけたのはおまえか」

「そんな言い方は……」

「うるさい。はっきり答えんかい」

「小野くんを仁村さんに紹介した。小野くんの仕事を考えてのことだ」

「中元もおまえが紹介したのか」

「違う」赤井が声を荒らげる。「いや、確かに紹介はした。が、それは三沢常務に頼まれたからだ。仕事柄、三沢常務は中元社長とつき合いがあった」

「それなら、なんで三沢は自分で仁村と中元をつながなかった」

「知るもんか」

赤井が吐き捨てるように言った。

鶴谷は内心にんまりとした。

五千万円の件もあって、三沢への不信感が募ってきたようだ。

「小野と仁村、中元と仁村……どっちが先や」

「中元社長……社長の口添えもあって小野くんを紹介した」

「あんたぬきで、三人、もしくは小野と仁村が会ったことはあるか」

赤井が首をひねった。

顔に不安の色が増している。

ふかした煙草を消し、口をひらく。

「ところで、WACのIR事業参加の内定をいつ知った」

「ことしの一月中旬、三沢常務に誘われ、食事をした」

「二人でか」

「そう。内定の件は食事の席で教えられた」

「どんな様子だった」

「わたしはびっくりしたが、常務はあっけらかんとしていた」

「どうしておどろいた。てっきりＨＰＩが内定を受けると思っていたか」

赤井がこくりと頷く。

「ＷＡＣが熱心だったのは知っていた。が、三沢常務の言動から、最終的にはＨＰＩがＩＲ事業に参加するものと……」

「そのことを、三沢に話したか」

「した。が、常務は笑って聞き流していた。わたしは、不思議な気がした」

「ＷＡＣの内定取り消しはいつ知った」

「ゴールデンウィーク明け……そのときも、常務は他人事のように言った」

「内定取り消しの理由も聞いたか」

「ＷＡＣに致命的な瑕疵があると……了解いただきたいとも言われた。わたしを気遣ったのだろう。港湾局は、ＷＡＣがＩＲ事業を請け負うものとして事務的な作業を進めていたからね。内定取り消しは、青天の霹靂だった」

鶴谷は肩をすぼめた。

慎重居士の割に、頭はまわらないようだ。

三沢への不信感を抱いているはずなのに、肝心な部分で、自分が蚊帳の外に置かれているのに気づかない。慢心が邪魔をしているのか。

「最後に教えてくれ」やさしく言う。「三沢と、企画推進部の羽島の仲はどうや」

「あまり良くないと……よそのことだ。それくらいしか言えない」

「なら、おまえと、都市整備局の丸川との仲は」

赤井が目をぱちくりさせた。

「なぜ、そんなことを訊く」

「答えろ。良いのか、悪いのか」

「個人的にはどちらでもない。しかし、立場がある。長い伝統というか、因縁というか、港湾局と都市整備局は競い合ってきた」

「ＩＲ事業では手を組まされる」

「えっ」

「先週末、丸川は仁村の招待で伊東温泉に行った。翌日には、内森一家の瀬戸と三人でゴルフをしたそうや」

「…………」

赤井があんぐりとした。

間髪を容れず、止めを刺す。

「俺が思うに、おまえは一兵卒に過ぎんようや」

赤井がのけ反った。

そのまま倒れてしまいそうにも見えた。

ゆっくりと朝風呂に浸かってから身支度を整えた。

ひさしぶりに熟睡できたようだ。未明に目が開くこともなく、寝起きにめまいや耳鳴りに襲われることもなかった。

きのうは、赤井を解放したあと、ホテルの作戦本部にこもった。これまでの調査内容を吟味し、最終の調査報告書を作成するよう木村に指示した。作業をおえたのは午後九時過ぎ。四十時間あまり一睡もしていなかった。

白の立て襟シャツを着て、紺色のコットンパンツを穿いた。窓辺に立ち、煙草をくゆらせながら港の景色を眺めてから客室をあとにした。


木村に案内され、港南設計の羽島が作戦本部に入ってきた。

羽島が室内を見回す。

「さすが、名うての捌き屋……やることが徹底している」

感心するように言った。

きのうの夕刻、羽島の携帯電話を鳴らした。
――話がある――
――急におっしゃられても……九時まで会食があります――
面談を拒むような声音ではなかった。
――あすの午前十時、ホテルまでご足労願えませんか――
――承知しました――
ホテル名と客室番号を告げて通話を切ったのだった。
羽島がソファに腰をおろした。
前回会ったときと雰囲気はおなじである。余裕を感じる。
木村がお茶を運んできて、調査員がいるほうへ移った。
羽島が口をひらく。
「交渉相手ではないわたしにどのようなご用でしょう」
もの言いにも余裕がある。
会えるのをたのしみにしていたのか。
そうからかいたくなる。が、隙は見せない。
「ＨＰＩの仁村が御社の三沢に接触していたのは、承知か」

「ええ。うわさは耳にしていました」

頷き、続ける。詰めの話に枝葉は要らない。

「去年十一月からことし三月にかけて五回、ＨＰＩは中元工務店の口座に計五千万円を振り込んでいた。中元工務店から取引先のローズライフへ……中元工務店の社長とローズライフの社長がそれぞれ五百万円、ローズライフの社長から市港湾局の赤井へ五百万円、残りの三千五百万円は三沢に渡った」

断定口調で言った。

ローズライフの小野の言質はとった。

港湾局の赤井の証言を得たあと、赤井を連れてローズライフに乗り込んだ。

赤井にうながされ、小野はあっさり口を開いた。中元工務店とローズライフを経由して五千万円を動かしたのは仁村の要請だった。

小野は、三沢と義兄との関係を考慮してことわれなかったとも言い添えた。

そんな話は聞き流した。小野や中元の本音など知ったことではない。

羽島の目が先を催促している。

「ことし三月中旬、ＨＰＩの仁村は、ワークスの和木という男に接触した。あなたはワークスという会社を知っているか」

「システムセキュリティーの会社で、WACと取引があります。WACの米田部長から、ワークスにコンピューターの精査を依頼したと聞きました」

　鶴谷はにこりとした。

　羽島は手持ちの情報を隠す気がなさそうだ。

「和木はWACのコンピューターの精査を担当したグループの責任者だった。この和木がギャンブル好きで、ネットカジノに嵌っていた。暴力団がかかわるネットカジノの店に借金をつくっていたとき、和木は店長にささやかれ、仁村の誘いに乗った。四月十日、和木は、WACのコンピューターの定期点検のさい機密データを盗みだし、翌日、仁村に手渡した。報酬は五百万円、すでに受け取っている」

　よどみなく話し、ソファにもたれた。

　羽島は口を開かない。表情は変わらなくても眼光は増している。

　鶴谷は煙草を喫いつけてから話しかけた。

「妙だと思わないか」

「どういう意味でしょう」

「三沢は、去年十一月の時点でHPIのカネに手を付けていた。港湾局の赤井も抱き込んだ。それなのに、一月に開かれた港南設計の役員会議では、あなたが提出したW

ＡＣへの内定通知の議案に異議を唱えなかった。さらに言えば、役員会議が開かれる以前に、ＷＡＣの機密データを盗むことができたと思われる。どうして三沢は、ＨＰＩと手を組んでおきながら、必要な手を打たなかったのか」

「わたしに訊いているのですか」

「そうよ」

さらりと返した。

煙草をふかして消し、首をまわした。

「わたしに……」

羽島が声を切った。

鶴谷は視線を戻した。

「わたしに、何を言わせたいのですか」

「三沢には、ＷＡＣへの内定通知……役員会議での決定事項を覆す自信があった。そう読めば、役員会議で議案に反対しなかった背景が見えてくる」

羽島が首をふった。

「鶴谷さんの推論に水を差すようで申し訳ないが、あの役員会議には万端の準備を整えて臨みました。三沢常務がＷＡＣへの内定通知に反対しようと、採決では議案が承認されると確信していました」

「多数派工作に成功していたわけか」

「ええ。次期社長と目される専務の確約も得ていました。横浜市のＩＲ事業構想の統括責任者の三沢常務といえども、議案を潰すのはむりでした」

「なるほど」

鶴谷はにやりとした。

羽島が怪訝そうな顔をした。

「三沢は頭が切れる。二手も三手も先を読めるようや」

「どう読んだのですか」

「相手に花を持たせておいて、腕を断ち切る。しかも、一石二鳥」

「内定取り消し、専務とわたしの失脚……そういうことですね」

淡々としたもの言いだった。

羽島の胸の内が透けて見えた。

「俺と手を組むか」

「とんでもない。わたしは港南設計の社員です。こう言っては失礼だが、捌き屋のあなたと手を組んで会社に弓を引くなど、わたしにはできない」

鶴谷は顔を近づけた。

「高みの見物を決め込む気か」

「ほかに、方法を知りません」

羽島が目元を弛めた。

「俺に、期待していたのか」

「ご想像におまかせします。それにしても、お見事です」

「お世辞は言うても、礼は言うな」

「なぜですか」

「俺は、WACのカネの流れも把握している。皐月の千紘、千紘に恩義を抱く門田希実……WACの米田から言質をとった」

「依頼主を威したのですか」

「仕事のためなら何でもやる」

「…………」

羽島がおおきく息を吐いた。

「WACとHPIのカネの流れ、両社の画策にかかわった人物、WACのデータ流出……それらすべてを記した調査報告書を三沢に届ける」

「………」

羽島が目をぱちくりさせた。

「どうした」

「なぜ、そんなことまでわたしに話されるのですか」

「頼みがある」

「何でしょう」

「寝て、待て。動けば、あなたも潰す」

「それは頼みとは言わないでしょう」

羽島があきれたように言った。

「木村」声を張った。「お客さんのお帰りや」


羽島が去ったあと、木村を連れてホテルのラウンジへむかった。

作戦本部によどむ空気を吸うのが嫌だった。

コーヒーを飲み、木村が口をひらく。

「さすがは公共事業の影の支配者……設計会社の連中は悪知恵が働きます」

「しょせん、人間よ」

「では、鶴谷さんは……」

　木村が語尾を沈め、首をすくめた。

「悪魔と言いたいのか。残念ながら、俺も人間……弱点はある。が、あいつらは、自分ではどうしようもない弱点をかかえていた」

「教えてください。何ですか」

「三沢が教えてくれる」

「そのとき、仕事が完了するのですね」

「ああ。けど、結果はわからん。三沢が悪魔なら、ギブアップや」

「………」

　木村が唖然とした。


　江坂はＩＣＵから個室に移っていた。

　医師によれば、術後の経過は良好で、合併症の兆候もないという。

　ぽたぽたと垂れる点滴の雫を見ていたのか、その先の灰色の窓を眺めていたのか。

　江坂が顔をこちらにむけた。

　顔色も悪くない。

鶴谷は近づき、ベッドの脇の丸椅子に腰かけた。

木村は窓際に立った。

「ご心配をかけました」

江坂がぼそっと言った。

声に力がないのはあたりまえである。身体にメスを入れたのだ。

鶴谷はやさしく首をふった。

こういう場でかける言葉がうかばない。とまどうばかりだ。

江坂が言葉をたした。

「仕事で、迷惑をかけていませんか」

「心配ない」

鶴谷のひと言に、江坂が目を細めた。

ドアが開き、女が入ってきた。江坂の女房とは二度顔を合わせている。

「お気遣い、ありがとうございます」女房が言う。「こんな立派な個室を……うちの人なんて、一般病室で充分なのに」

「とんでもない。ご主人がいなければ、仕事はうまく行かなかった」

鶴谷は立ちあがり、女房に紙袋を差しだした。

「収めてください」

女房が目をまるくし、紙袋を受け取る。二千万円が入っている。

「まあ」

頓狂な声を発した。あわててベッドに近づく。

「あなた、こんなに……腰がぬけそう」

「おおげさな」江坂が言い、鶴谷に顔をむける。「こいつは貧乏性なもので」

言ったあと紙袋を覗いた。

江坂の目もまるくなった。

「これ、成功報酬ですか」

「仕事はおわってない。詫びの証しと見舞金や」

木村が口をひらいた。

「遠慮するな。東口にも謝礼を渡した」

神奈川県警察本部の東口警部にも謝礼として五百万円を届けた。

頷き、江坂が話しかける。

「鶴谷さん、俺の血は返してもらえたのですか」

「俺も貧乏性やねん。もろうたものは後生大事にせえと……親の遺言や」

「では、それを家訓にします」

「やめとけ。ろくな家族にならん」

言い置き、鶴谷はきびすを返した。

病室の空気がゆれている。

江坂の女房が笑いを堪えているのだ。

女房のあかるい顔を見て、救われたような気分になった。


翌週月曜日の午前、鶴谷は港南設計の本社を訪ねた。

優信調査事務所が作成した調査報告書を港南設計の三沢に届けるさい、木村には封書を託した。〈六月十七日午前十一時、御社に参る〉。それだけの文面だった。「お待ちしています」。書状を見て、三沢はそう答えたという。

受付の女に笑顔で迎えられ、五階の応接室に案内された。

ソファに座ってほどなく、三沢が入ってきた。

白シャツにダークグレーのスーツ。無地の濃紺のネクタイを締めている。

「お待たせしました」

おだやかな口調で言い、正面に座る。

鶴谷は無言で三沢を見つめた。

この期に及んで自分から問いかけることはない。

三沢が続ける。

「報告書は拝読しました」

「感想は」

「徹底した調査に感服しました」

三沢がこともなげに答えた。

人を食って生きてきたのか。

そんな言葉がうかんだ。

「報告書の内容に異議はあるか」

「答えようがない」三沢も口調を変えた。にわかに、目つきが鋭くなる。「一方的に報告書を読まされただけで、あなたの要望は聞いていない」

「何度も言わせるな。要望はない。交渉もせん」

「それでは話にならない」

「内定取り消しを撤回せえ。嫌なら、席を立て」

「…………」

三沢が小首をかしげる。

「どうした」

「わたしが席を立てば、どうなるのですか」

鶴谷は目で笑った。

「ほんまに、報告書を読んだのか」

「どういう意味だ」

三沢が語気を強めた。

「ＨＰＩの五千万円、ＷＡＣのデータ漏洩、暴力団幹部の関与も事実……報告書にはあえて記載しなかったが、先週、暴力団幹部の身内が傷害事件をおこした。被害者は優信調査事務所の調査員や」

「………」

三沢が眉を曇らせた。

「ＨＰＩの仁村から報告を受けてないのか」

「受ける謂れはない」

「そうかい。まあ、ええ。枝の話や」ひとつ息をつく。「あんたと仁村の謀略だけやない。報告書にはＷＡＣの不正なカネの流れも詳細に記した」

「それが……」

声を切り、三沢が目を見開いた。

ようやく理解したか。

鶴谷は、かたわらのショルダーバッグを開いた。

タブレットを操作し、テーブルに置く。脇にスマートフォンも添えた。

タブレットには横浜市内の地図が映っている。

「見い。赤い点の場所がわかるか」

「…………」

三沢が視線をおとした。

「神奈川県警察本部、カジノをふくむＩＲ事業に反対する市民の集会所、神奈川新聞社……県警本部の前に停めた車には、赤井と赤井の義弟、ワークスの和木が乗っている。俺の指示で三箇所の赤い点が移動する」

「ばかな」三沢が顔をあげる。「そんなことをすればＷＡＣも……」

「知ったことか」

鶴谷は語気鋭くさえぎった。

「皆で仲良く、刑務所に行かんかい」

「依頼主を警察に売るのか」

「俺の情報が不足しているようやな」

「はあ」

「仕事にしくじれば一円の報酬も受け取らん。タダ働きよ」

「だからと言って、依頼主を裏切っていいのか。それで筋が通るのか」

「俺の筋目や。調査報告書には仲間の血と汗が滲んでいる。それを無にはできん。カジノをふくむＩＲ事業、何としても潰す」

「正気の沙汰とは思えん」

「笑わせるな。まともな人間が言う台詞や」

「わたしは至ってまとも……相手の弱みにつけ入るあなたとは違う」

「そうかい」

鶴谷は、スマートフォンの〈スピーカー〉にふれた。

《木村です》

硬く感じる声がした。

「決裂や」

《了解です。これから一斉に動き……》

「待ってくれ」

三沢が声を張りあげた。

「かけ直す」

木村に言い、通話を切った。

三沢が前のめりになる。

「時間をくれないか。わたしの一存では決められない」

鶴谷も顔を寄せた。三沢を睨みつける。

「あんたの意思は」

三沢が咽を鳴らした。ややあって、口をひらく。

「内定取り消しは、撤回する。しかし、役員会議に諮り、了承を得るまでは我が社としての意思表示にはならない」

「いいだろう」

鶴谷は即座に応じた。

――三沢常務が役員会議で撤回の議案を提出すれば粛々と可決させます――

羽島はきっぱりと言いきった。ＷＡＣのデータ漏洩が三沢と仁村の策謀に因るものと知れば反対する者は皆無だとも言い添えた。

それが社と個人の保身のためなら、なおのこと疑う余地はない。

横浜市も港南設計の意思決定を受け入れる。カジノをふくむＩＲ事業は令和最大の利権である。横浜市が心血を注ぐ、悲願でもある。

すべてはカジノありきで事が進んでいる。

「これから緊急会議を招集しろ」

「承知した。が、時間は約束できない」

「何時でもかまわん。会議の結論はＷＡＣの山西専務に報告しろ。それまで、赤井ら三人の身柄は拘束する」

三沢が息を吐き、肩をおとした。

鶴谷は安堵の吐息を洩らしそうになった。

《ありがとうございます》
山西の声が鼓膜に響いた。
《先ほど、港南設計の三沢常務から電話を頂戴しました。内定復活です。午後には三沢常務が来られ、覚書を交わす運びとなりました》
「何時や」

《三時です。鶴谷さんもお越しいただけるのですか》
「見届けて、仕事が完了する」
《ありがとうございます》
「礼は要らん」
《わかりました。では、弊社でお目にかかった折、お約束のカネを……高額なので小切手にしますか》
「現金で頼む」
《承知しました。そのように手配します》
鶴谷は通話を切った。
山下公園の遊歩道を歩いているさなかに電話が鳴ったのだった。
西の空にちらほら見えていた青空がひろがりかけている。
海風もすこし軽くなったように感じる。
腕の時計を見た。午前十時を過ぎている。
手に持つスマートフォンの画面にふれた。
《木村です》
「撤収する」

《お疲れ様でした》

「午後三時、ＷＡＣに行く。皆を事務所に待機させろ」

《はい》

木村の声がはずんだ。

優信調査事務所への契約料も調査員の報酬手当も現金で支払う。仕事を完遂したその日の内に手渡す。鶴谷にできる唯一の誠意である。

しばし海を眺めてから、白岩に電話をかけた。

「おわった」

《めでたい。木村の部下の容態は》

「順調や。けさは粥を口にしていた」

午前六時前にめざめた。

港南設計の三沢の言質を取り付けてはいたものの、昨夜は眠りが浅かった。起きてからも落ち着かず、ひとりで病院へむかった。

女房がスプーンで粥を食べさせていた。

江坂が恥ずかしそうに眉尻をさげた。

短いやりとりで病室を去ったときは心が凪いでいた。

《むきになって……かわいいね、康ちゃん》
「やくざやない。浪花の極道や」
《わかった。大阪のやくざでしょう》
「まあな」
《どうしたの。先約があるの》
言葉に詰まった。白岩と美都里。どちらも粗末には扱えない。
「…………」
《それなら晩ごはんを食べよう。美都里が来るの》
「きょうの三時でおわる」
《康ちゃん》菜衣の声もあかるい。《お仕事は》
返事を聞かずに通話を切った。電話が鳴っている。
「すまん。東京に着いたら連絡する」
《わいは、あしたの昼、新幹線に乗る。おまえは》
「安心した」
《心配なさそうや。がん細胞が縮んだままと聞いて、姐さんも笑顔になられた》
「先代のほうはどうや」

「うるさい」

《四人でもいいよ。美都里が言っていた。顔はこわいけど、いい人だって》

「はいはい」

おざなりに返した。

誰にも逆らえない。

そんな自分にほっとする。

この作品は書き下ろしです。

捌き屋（さばきや）　一天地六（いってんちろく）

浜田文人（はまだふみひと）

令和元年10月10日　初版発行

発行人——石原正康
編集人——高部真人
発行所——株式会社幻冬舎
〒151-0051東京都渋谷区千駄ヶ谷4-9-7
電話　03(5411)6222(営業)
　　　03(5411)6211(編集)
振替00120-8-767643
印刷・製本—図書印刷株式会社
装丁者——高橋雅之

幻冬舎文庫

ISBN978-4-344-42906-2　C0193　は-18-15

幻冬舎ホームページアドレス　https://www.gentosha.co.jp/
この本に関するご意見・ご感想をメールでお寄せいただく場合は、
comment@gentosha.co.jpまで。